KB136590

오늘

청소년에게 띄우는 그림편지

오늘

청소년에게 띄우는 그림편지

글·그림 이호신

인 쇄 일 2022년 12월 20일
발 행 일 2022년 12월 30일

발 행 인 이문희
발 행 처 도서출판 곰단지
주   소 경남 진주시 동부로 169번길 12, 윙스타워 A동 1007호
전   화 070-7677-1622
F A X 070-7610-7107
전자우편 gomdanjee@hanmail.net
I S B N 979-11-89773-41-0 (03800)

* 이 책은 저작권법에 의해 보호받는 저작물입니다.
* 이 책의 무단 전재와 복제는 법으로 금지되어 있습니다.

하늘

청소년에게 띄우는 그림편지

이호신 글·그림

도서출판
곰단지

하늘을 나는 듯한 기분

나태주 시인

이호신 화백은 오래전부터 알고 지내던 분이 아니고 최근에 만나 친해진 벗님이시다. 지리산 깊숙이 산청이란 고장, 물 맑고 바람 고운 땅에서, 역시나 투명한 햇빛 아래 인생을 가꾸고 그림을 가꾸고 글씨를 다듬는 분이시다. 그러니까 내가 제법 오래전, 백제에 관한 소재로 시 한편을 쓴 일이 있는데, 그 일을 인연의 고리 삼아 최근에 뵈었지만 여러모로 감흥이 통하는 분이시다.

이번에 당신께서 청소년 잡지에 글과 그림과 글씨와 함께 연재한 내용을 모아 책으로 내시겠노라 가제본 책을 보내오셨다. 첫눈에 환이 열리는 세상이 들어 있음을 본다. 이런 경우를 괄목상대(刮目相對)라 했던가!
시를 품은 글과 그림과 글씨가 어울려 한 권의 책이 되었다. 그야말로 시서화(詩書畵) 삼절(三絶))이시다. 실상 시(詩)는 언어로 표현된 의미 예술로서 그림이나 글씨, 음악처럼 즉각적인 감각으로 알아차리기 힘든 구석이 있다.

시는 문자로 되어있고 그 문자언어를 눈으로 읽기는 하지만 의미를 깨달아야 하고 과거 경험을 되돌려야만 겨우겨우 그 본래의 의도나 감동에 이를 수 있다. 그것은 시가 아닌 산문도 마찬가지. 이러한 언어 문장이 그림이나 글씨, 음악의 도움을 입으면 날개를 단 것처럼 발길이 빨라지고 헌칠해진다. 바로 이런 기미를 이호신 화백께서 익히 알기에 당신이 직접 글을 쓰시고 그 글을 또 글씨와 그림으로도 표현하셨다. 아주 좋은 일이고 효과적인 작업이라 생각한다.

더구나 MZ세대인 어린 벗들에겐 이런 방법적 접근이 새롭고 흥미롭게 다가갈 것으로 믿는다. 책장을 넘겨 글을 읽으면서 우리가 서로 길게 의견을 나누고 편을 갈라 작정하지 않았음에도 많은 생각과 느낌에서 엇비슷 겹친다는 것을 알면서 새롭게 놀라고 기쁘고, 그래서 다시 한번 옷깃을 여미는 바가 있다. 좋은 의도나 생각은 언제 어디서든, 또 누구한테든 통하게 되어있나 보다. 저 하늘을 나는 새들도 자기들이 다니는 길로만 다니는 것처럼 말이다.

오늘날의 청소년들은 짐짓 호화롭고 평화로운 것 같지만 그 마음속이 어지럽고 때로는 어둑한 때도 있을 것이다. 그런 때 이호신 화백이 짓고(글) 쓰고(글씨) 그린(그림) 이런 책을 가까이한다면 마음의 어둠이 한껏 걷히고 밝아져 명랑해지기까지 할 것이다. 어둡기 때문에 불을 밝히는 것이고 덥기 때문에 냉풍기를 트는 것처럼 우리들 어두운 마음이고 보니 명랑성이 더욱 필요한 것이다. 이호신 화백님의 책 속에 나오는 모든 사물이나 빛깔들처럼 우리도 명랑해지자. 그래서 하늘을 나는 기분을 맛보자.

선물

김병일 도산서원 원장(도산서원 선비문화수련원 이사장)

　우리 청소년은 오늘의 희망이요, 국가의 미래를 이끌어갈 주역들이다. 이 청소년들에게 꿈과 자연환경의 소중함을 일깨워 주는 이호신 화백의 그림편지는 새롭다.

　스토리와 글씨, 그림을 통해 누구나 공감할 수 있기에 자연스레 실천의 길로 인도한다. 나와 이웃과 사회와의 관계, 그리고 자연을 통해 배워야 할 고마움을 느끼게 한다. 이 일은 청소년을 대상으로 착한 사람이 되도록 이끄는 도산서원 선비문화수련원의 방향과 다름이 없다. 즉 정신문화의 뿌리를 통해 미래의 주인공들에게 보내는 애정 어린 선물이다.

샘솟는 마음

조은수 서울대학교 철학과 교수

　이 책은 이호신 화백이 이 땅의 청소년들에게 보내는 무한한 애정과 사랑의 편지 모음이다. 지리산의 사계절 겨울, 여름, 가을, 봄의 소리를 속삭이듯 따뜻한 목소리로 들려주고 있다. 아기들에게 동화와 자장가가 필요하듯이 이 땅의 청소년들에게도 위로의 따뜻한 목소리가 필요하다. 지리산의 웅장한 기상과 더불어 큰 산이 나누어 주는 넉넉한 자연의 고마움이 페이지 마다 가득하다.

　언제나 '샘솟는 마음'으로 붓을 든다는 화가의 소망처럼, 우리 청소년들도 그 푸릇푸릇한 마음을 이 책을 통해 나눌 수 있으면 좋겠다. 저자의 그림편지 다음으로 펼쳐지는 여백의 편지지에 그들의 꿈과 소망을 적어 우리 모두 시인이 되고 화가가 되는, 마술과 같은 세상을 상상해 본다.

청소년에게 띄우는 마음의 붓길

우리는 한 번 주어진 삶을 어떻게 살아야 할까요?
모두가 다른 환경과 생활조건에서 가치와 보람을 찾아야하므로.
저 또한 이 물음에 스스로를 돌아보며 오늘을 직시합니다.
다행히도 저는 지리산골 (산청 남사예담촌)에 귀촌하여 고마운 마음으로 붓을 들고 지냅니다.
이처럼 자연환경이 좋은 터에 살기로 감사한 마음과 함께 의무감이 싹트기 시작했어요.
작가로서 느끼고 쓰고 그린 이야기를 이웃과 나누고 싶어진 것이지요.

이에 인연이 닿은 청소년을 위한 잡지 '인디고잉'에 <청소년에게 띄우는 그림편지>를 여러해 동안 연재 했습니다. 지리산 하늘아래에서 사계절 꽃물이 든 21통의 편지를 띄웠지요. 고운 전통한지를 염색하고 그 바탕 위에 먹을 갈아 붓을 들었습니다. 내용은 자연 생태계를 통한 배움과 깨달음, 상생의 이치를 발견하고 나누려는 것이 주를 이룹니다. 누구나 공감하고 이해 할 수 있는 사연들입니다.

이 시간은 자연환경의 염려와 코로나전염병으로 위축되고 불안한 일상에서 이루어졌지요. 해서 더욱 간절하기로 일상의 회복을 위한 작가의 소망이 컸습니다. 이 묵혀둔 그림편지를 털어서 세상에 선보이게 된 것은 '도서출판 곰단지'의 숨은 노력 덕입니다. 특히나 새로운 기획으로 독자가 참여하는 편지쓰기 공간을 제공한 면은 참으로 신선합니다. 저자와 독자가 만나 완성해 가는 책입니다. 손글씨가 사라지고 있는 터에 글쓰기를 독려하는 의미는 매우 큽니다. 참으로 장려할 일이지요.

어제가 아닌 '오늘'을 사는 우리는 매 순간이 소중하며 지금에 충실해야합니다. 돌아보고 내다보며 오늘을 살펴야합니다. 오늘 하루가 모여 인생이 되고 역사의 강물이 되는 까닭이지요.
지리산의 빛과 바람속에 쓴 그림편지를 아름다운 책으로 엮어낸 이문희 대표님과 성수연 편집장님께 감사드립니다. 그리고 추천의 글을 주신 선생님들께 깊이 감사의 절을 올립니다.
이 그림편지가 청소년들에게 희망과 위로가 되고 생활에 작은 지혜가 된다면 저는 큰 기쁨으로 여기겠습니다.

2022년 겨울, 지리산 하늘 아래에서
이호신 씀

오늘

"청소년에게 띄우는 그림편지" "청소년이 쓰는 손편지"

스마트폰으로 소통하는 시대에 누군가 손편지로 마음을 전해왔다. 한 줄의 글이 손가락 다다닥! 두드려 나오는 쉬운 시대에, 붓을 들어 한 글자 한 글자 써 내려간 그림편지를 보내왔다. 화가 이호신은 지리산 꽃물이 든 마음의 붓길로 그린다. "청소년에게 띄우는 그림편지"라는 제목으로 이 글이, 이 그림이 청소년에게 전해지기를 바라는 정성스런 마음을 담았다.

보통의 책이 저자의 이야기를 듣는 것이라면, 이 책에는 청소년의 이야기를 담아보고 싶었다. 편집자는 청소년의 이야기를 담아 완성되는 책이 되길 바랐다. 스마트폰 속에서 친구를 사귀고, 스마트폰 속에서 세상을 보는 이들에게 오늘을 함께 사는 세상을 보여주며 말을 걸어보기로 한다.

그래서, "청소년이 쓰는 손편지"를 기다리며, 화가의 그림 바탕의 편지지를 끼워 넣어본다.

화가가 쓴 편지글과 한글뜻그림 작품 한 점, 그리고 화가가 직접 쓴 마음의 붓길을 실었다. 뒤로는 화가의 작품을 바탕으로 한 편지지 두 장을 끼워 넣었다. 이곳에는 청소년이 직접 손편지를 쓰길 바란다. 친구에게 마음을 나누어도 좋고 화가에게 답장을 보내도 좋다. 부모님에게 선생님에게 꼭 한번 손편지를 띄워보길 바란다.

오늘을 함께 살지만, 눈을 마주치지도 않고 말을 나누지도 않는 이들. 오늘을 같이 살지만, 정녕 우리가 오늘을 함께 사는 것일까? 스마트폰 속의 사진이 아니라 지리산이 살아 숨을 쉬는 자연을 보여주고 싶고, 스마트폰 속의 말이 아니라 손으로 써 내려간 한 줄씩의 손편지를 전하고 싶다. 그 정성과 그 마음을 함께 나누고 싶다. 과거와 현대를 접목하는 한 권의 책이 되길 바란다. 그래서 서로에게 새로운 의미와 가치가 만들어지길 바란다.

어른이고 청소년이라는 구분을 버리고, 한 권의 책으로 하나의 자연을 보고, 한 권의 책으로 하나의 이야기를 나누고, 한 권의 책으로 서로의 이야기를 담아보는 책.

"청소년에게 띄우는 그림편지" "청소년이 쓰는 손편지"

우리는 오늘을 함께 산다.

2022년 12월
도서출판 곰단지 대표 이문희

겨울이

여름에게

언제나 새날

어느덧 겨울이 깊어지고 새해를 맞이합니다. 지난해가 있었기에 새해가 오는 것이요, 어제가 있었기에 오늘을 마주합니다. 이 모두가 우주의 순환이요, 창조 이래 해와 달이 지구촌을 향해 비추었지요. 지상에 꽃이 피고 천상에 별이 빛나는 진리 속에 새날은 찾아옵니다.

그러나 우리에게 진정한 새날은 무엇일까요? 지난 일에 대한 성찰 없이 절망에 대한 희망 없이는 새날의 문은 열리지 않습니다. 그래서 새로운 꿈이 필요합니다. 목표와 다짐으로 새해를 맞이해야 하지요. 아무리 힘에 겨운 일과도 날이 저물면 해가 사라지듯 잊을 수 있어야 합니다. 그리고 다음날 해가 뜨는 이치 속에 새날을 맞이해야 할 용기와 까닭이 여기에 있습니다.

모름지기 역사 속의 오늘은 모두 '언제나 새날'이었지요. 그 새날 속의 실천으로 증오를 누르고 사랑을 꽃피웠습니다. 그 새날이란 분명히 새로운 길을 향한 의지요, 설렘이었음을 믿습니다. 따라서 이 샘솟는 마음을 새해 그대들에게 선물합니다. 1945년 27세로 순국한 윤동주 시인이 21세(1938년) 때 지은 '새로운 길'을 새해 아침에 두런두런 함께 나누며.

내를 건너서 숲으로
고개를 넘어서 마을로
어제도 가고 오늘도 갈
나의 길 새로운 길
민들레가 피고 까치가 날고
아가씨가 지나고 바람이 일고
나의 길은 언제나 새로운 길
오늘도…… 내일도……
내를 건너서 숲으로
고개를 넘어서 마을로

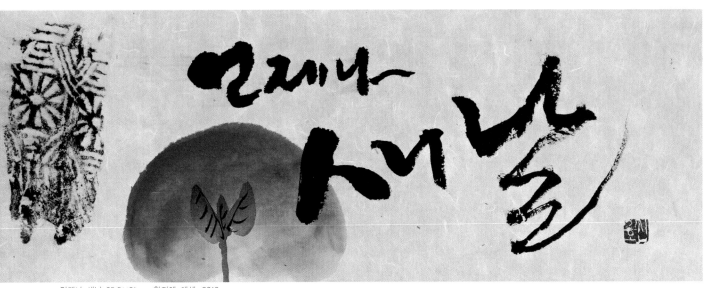

언제나 새날_25,5×21cm, 한지에 채색, 2016

언제나 새날

어느듯 겨울이 깊어지고 새해를 맞이합니다. 지난해가 있었기에 새해가 오는 것이요, 어제가 있었기에 오늘을 마주합니다. 이 모두가 우주의 순환이요, 유사이래 해와 달이 지구촌을 향해 비추었지요. 지상에 꽃이 피고 천상에 별이 빛나는 진리 속에 새날을 찾아옵니다.

그러나 우리에게 진정한 새날은 무엇일까요? 지난 일에 대한 성찰없이 절망에 대한 희망없이는 새날의 문은 열리지 않습니다. 그래서 새로운 꿈이 필요합니다. 목표와 다짐으로 새해를 맞이해야 하지요. 아무리 힘에 겨운 일이라도 날이 저물면 해가 사라지듯 잊을 수 있어야 합니다. 그리고 다음날 해가 뜨는 이치 속에 새날을 맞이해야 할 용기와 까닭이 여기에 있습니다.

모름지기 역사속의 오늘은 모두 '언제나 새날'이었지요. 그 새날 속의 실천으로 증오를 누르고 사랑을 꽃피웠습니다. 그 새날이란 분명히 새로운 길을 향한 의지요, 설렘이었음을 믿습니다. 따라서 이 삶솟는 마음을 새해 그대들에게 선물합니다.

언제나 새날_93×60cm, 한지에 채색, 2016

지난 1945년 27세로 순국한 윤동주 시인이
21세 (1938년) 때 지은 '새로운 길'을
새해 아침에 두런두런 함께 나누며.

내를 건너서 숲으로
고개를 넘어서 마을로
어제도 가고 오늘도 갈

나의 길 새로운 길
민들레가 피고 까치가 날고
아가씨가 지나고 바람이 일고

나의 길은 언제나 새로운 길
오늘도 … 내일도 …
내를 건너서 숲으로
고개를 넘어서 마을로

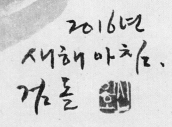

2016년
새해아침.
겨울

이 흙에 새 솔

마침내 꽃샘추위를 이겨낸 꽃들이 만발합니다. 폭죽 같은 꽃소식에 가슴이 부풀고 공연히 마음이 달뜨는 봄입니다. 이것은 모든 생명과 자연현상의 이치입니다. 더구나 꿈 많은 여러분들에게는 찬란한 청춘의 봄이 되어야 하겠지요.

십여 년 전 저는 입시를 앞둔 아들과 어느 봄날 마을 뒷산에 소나무 몇 그루를 심었습니다. 그리고 지리산 자락으로 귀촌 후 화실 마당에 십여 그루의 어린 금강송을 심었지요. 그 소나무들이 웃자라 담장을 넘기에 이웃에 나누었습니다. 이뿐만 아닙니다. 오래전부터 소나무를 사랑하는 지인들과 봄이면 헐벗은 야산을 찾아 봄바람 속에 소나무를 심었습니다. 어느 해는 아들과도 함께……. 그 어린 솔을 심으며 이 땅의 대지 위에 튼실한 소나무가 되기를, 사철 푸른 모습과 언젠가는 넉넉한 솔바람 그늘이 드리우기를 바랐지요. 미래의 희망을 심으며. 하긴 지상의 그 어떤 거송이나 천연기념물의 소나무도 실은 하나의 솔 씨로 눈을 틔웠고 뿌리 내린 것입니다.

더우면 꽃피우고 추우면 잎 지거늘
솔아 너는 어찌 눈서리를 모르는다
구천(九泉)에 뿌리 곧은 줄을 글로하여 아노라

고산 윤선도의 '오우가'처럼 척박한 토양과 바위틈에서도 뿌리내리고, 비바람 눈보라를 다 감내하며 의연히 선 소나무! 이 소나무를 바라보며 이 땅의 역사와 겨레의 삶을 떠올려 봅니다. 소나무의 생태를 통해 다시 '이 흙에 새 솔'로 자라고 있는 청소년을 생각해 봅니다. 따라서 현실의 어려움과 환경을 극복해 나아가야 할 미래의 꿈을 기리게 합니다.

이 소나무의 생태와 기운을 닮아 건강한 삶의 뿌리와 의지를 지니기 바랍니다. 튼실한 이 땅의 한 소나무가 되기를 소망합니다. 언젠가 그 솔이 자라 누군가에 생명이 되고 빛이 되는 삶을 실천해 나아가세요.

아침마다
소나무 향기에 잠이 깨어
창문을 열고 기도합니다.
오늘 하루도 솔잎처럼 예리한 지혜와
푸른 향기로 나의 사랑이
변함없기를……
(이해인 수녀의 '아침의 향기' 중)

이 흙에 새 솔_58×48cm, 한지에 채색, 2016

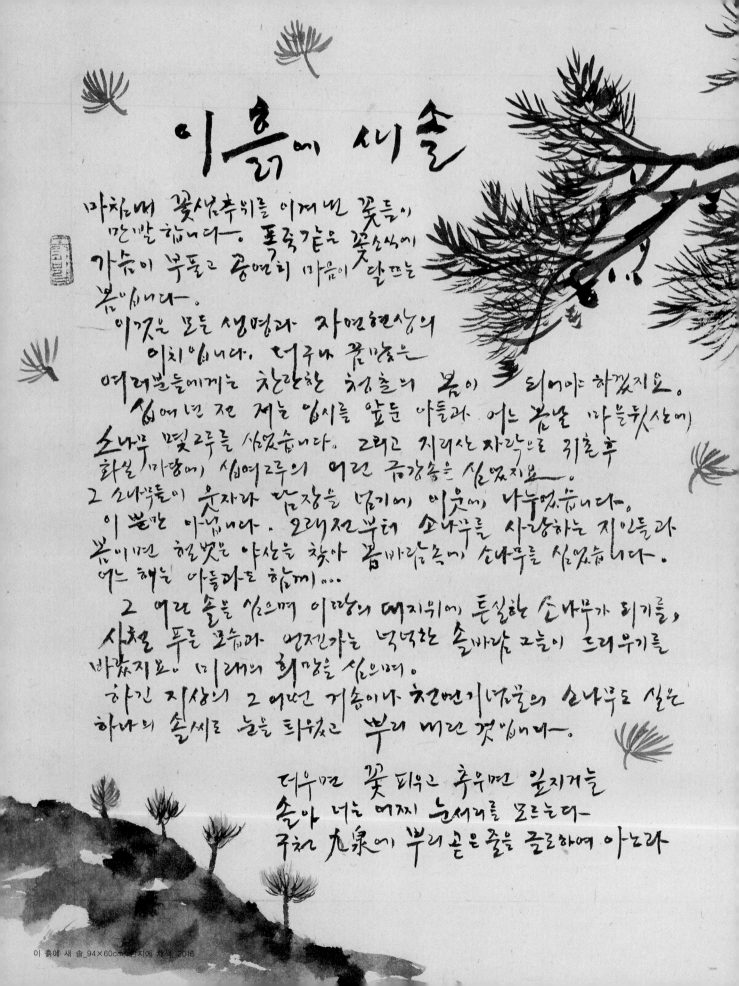

이 흙에 새 솔

마침내 꽃샘추위를 이겨내며 꽃들이
만발 합니다. 폭죽같은 꽃소식에
가슴이 부풀고 공연히 마음이 달뜨는
봄입니다.
　이것은 모든 생명과 자연현상의
　　이치입니다. 여러분 꿈많은
여러분들에게는 찬란한 청출의 봄이　　되어야 하겠지요.
　섶에 넌 저 제는 임시를 앓던 아들과 어느 봄날 마을뒷산에
소나무 몇 그루를 심었습니다. 그리고 지리산 자락으로 귀촌후
화실 마당에 십여그루의 어린 금강송을 심었지요.
그 소나무들이 웃자라 담장을 넘기에 이웃에 나누었습니다.
이 뿐만 아닙니다. 오래전부터 소나무를 사랑하는 지인들과
봄이면 헐벗은 야산을 찾아 봄바람속에 소나무를 심었습니다.
어느 해는 아들과 함께...
　　그 여린 솔을 심으며 이땅의 대지위에 튼실한 소나무가 되기를,
　사철 푸른 모습과 언젠가는 넉넉한 솔바람 그늘이 드리우기를
바랐지요. 미래의 희망을 심으며.
　하긴 지상의 그 어떤 거송이나 천년기념물의 소나무도 실은
하나의 솔씨로 눈을 틔웠고 뿌리 내린 것입니다.

　　더우면 꽃 피우고 추우면 잎지거늘
　솔아 너는 어찌 눈서리를 모르는다
　구천 九泉에 뿌리곧은 줄을 글로하여 아노라

이 흙에 새 솔_94×60cm, 한지에 채색, 2016

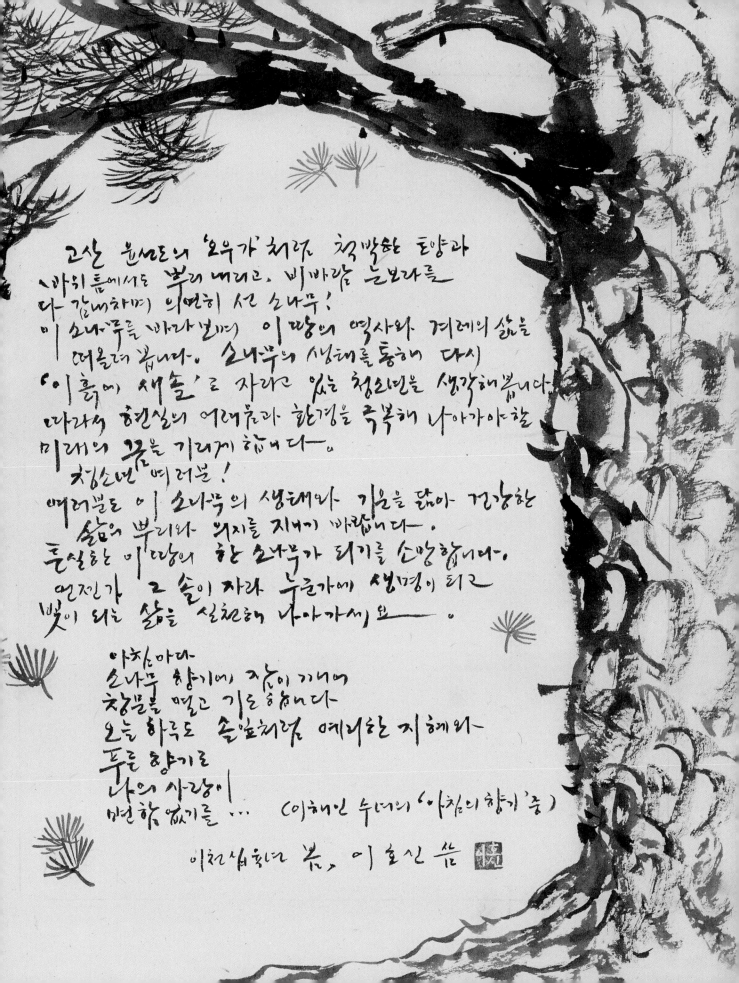

고산 윤선도의 '오우가' 처럼 청빈한 토양과
바위 틈에서도 뿌리 내리고, 비바람 눈보라를
다 감내하며 의연히 선 소나무!
이 소나무를 바라보며 이 땅의 역사와 겨레의 삶을
떠올려 봅니다. 소나무의 생태를 통해 다시
'이 흙의 재숄'로 자라고 있는 청소년을 생각해 봅니다
따라서 현실의 어려움과 환경을 극복해 나아가야할
미래의 꿈을 기리게 합니다。
청소년 여러분!
여러분도 이 소나무의 생태와 기운을 닮아 강강한
삶의 뿌리와 뜻지를 지니기 바랍니다。
튼실한 이 땅의 한 소나무가 되기를 소망합니다。
언젠가 그 솔이 자라 누군가에 생명이 되고
빛이 되는 삶을 실천해 나아가세요——。

　　아침마다
　　소나무 향기에 젖음이 기내며
　　청솔을 멀고 기도합니다
　　오늘 하루도 솔잎처럼 예리한 지혜와
　　푸른 향기로
　　나의 사랑이
　　변함 없기를... (이해인 수녀의 '아침의 향기' 중)

　　　　이천십육년 봄, 이호신 씀

샘솟는 마음

저는 어려서부터 꿈이 화가였습니다.
초등학교 1학년 1학기 통지표에
"아무개는 신체가 허약하지만 미술 과목에 취미를 갖고 있습니다. 자주 보살펴 주십시오." (1964년 2월 25일. 담임 황삼복)

이 담임 선생님의 말씀 한마디가 저의 자존감을 살렸고 미술 시간이 마냥 좋았지요. 그러나 동해 바닷가에서 부모님을 따라 상경해서는 가정형편이 어려워 중학교를 세 번이나 옮겨 다녔습니다. 그것도 정규과정이 아닌 고등공민학교였기에 고등학교 진학도 어려웠어요. 겨우 학력인정 고등학교를 나와 생계를 위한 그림을 그려야 했지요.

이후 병역을 마친 뒤에도 직장을 가져야 했습니다. 하지만 이러한 생활 속에서도 붓을 놓지 않았지요. 뒤늦게 야간 대학원을 수료하고 그림을 그리며 예술가의 상(像)을 잊지 않았습니다.

어느덧 세월이 흘러 17회의 개인 작품전과 15권의 화문집(畵文集)을 내게 되었지요. 오직 저에게는 화가의 길을 가려는 '샘솟는 마음'이 늘 간절했기에 가능한 일이었습니다. 이 '마음의 샘'은 내 영혼 속에 있기에 누가 퍼가거나 마르게도 할 수 없지요. 이 샘물이 개울을 적시고 강을 만나 마침내 바다에 이르기를 소망하였기에.

며칠 전 반세기 만에 고향의 군청에서 초청이 와 갔습니다. 군에서는 고향의 숨결을 그려 세상에 알리는 일을 저에게 제안해 왔어요. 무척 기뻤지요. 마치 금의환향(錦衣還鄕)처럼 느껴졌으니까요.

지금도 여전히 꿈꾸는 화가입니다. 언제나 샘솟는 마음으로 붓을 들지요. 여러분도 제 유년의 꿈과 소망처럼 끊임없이 솟아나는 '샘솟는 마음'을 지니고 실천하기를 바랍니다.

그 꿈이 현실의 강물이 되어 바다에 이를 때까지……

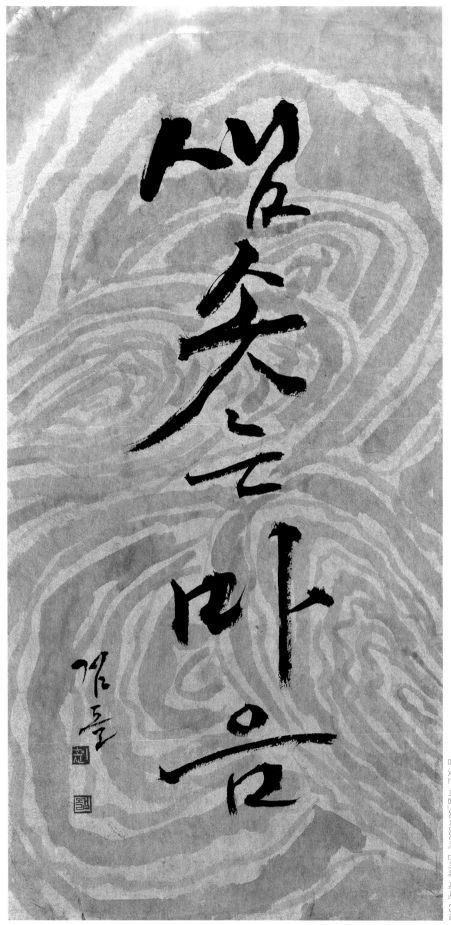

샘 솟는 마음_30×93cm, 한지에 채색, 2016

샘 솟는 마음

저는 어려서 부터 꿈이 화가였습니다. 초등학교 1학년 1학기 통지표에 "아무개는 신체가 허약하지만 미술과목에 취미를 갖고 있습니다. 자주 보살펴 주십시오."

(1964. 2. 25 담임 황삼복)

이 담임 선생님의 말씀 한마디가 저의 자존심을 살렸고 미술시간이 마냥 좋았지요. 그러나 동해 바닷가에서 부모님을 따라 생겸해서는 가정형편이 어려워 중학교를 세번이나 옮겨 다녔습니다. 그곳은 정규과정이 아닌 고등공민학교 였기에 고등학교 진학을 어려웠어요. 겨우 학력인정 고등학교를 나와 생계를 위한 그림을 그려야 했지요.

이후 병역을 마친 뒤에도 직장을 가져야 했습니다. 하지만 저는 이러한 생활속에서도 붓을 놓지 않았지요. 뒤늦게 야간 대학원을 수료하고 그림을 그리며 예술가의 상像을 잊지 않았습니다.

어느덧 세월이 흘러 17회 개인 작품전 과 15권의 화문집를 내게 되었지요. 그건 저에게는 화가의 길을 가려는 '샘 솟는 마음'이 늘 간직했기에 가능한 일이였습니다.

샘 솟는 마음_93×60cm, 한지에 채색, 2016

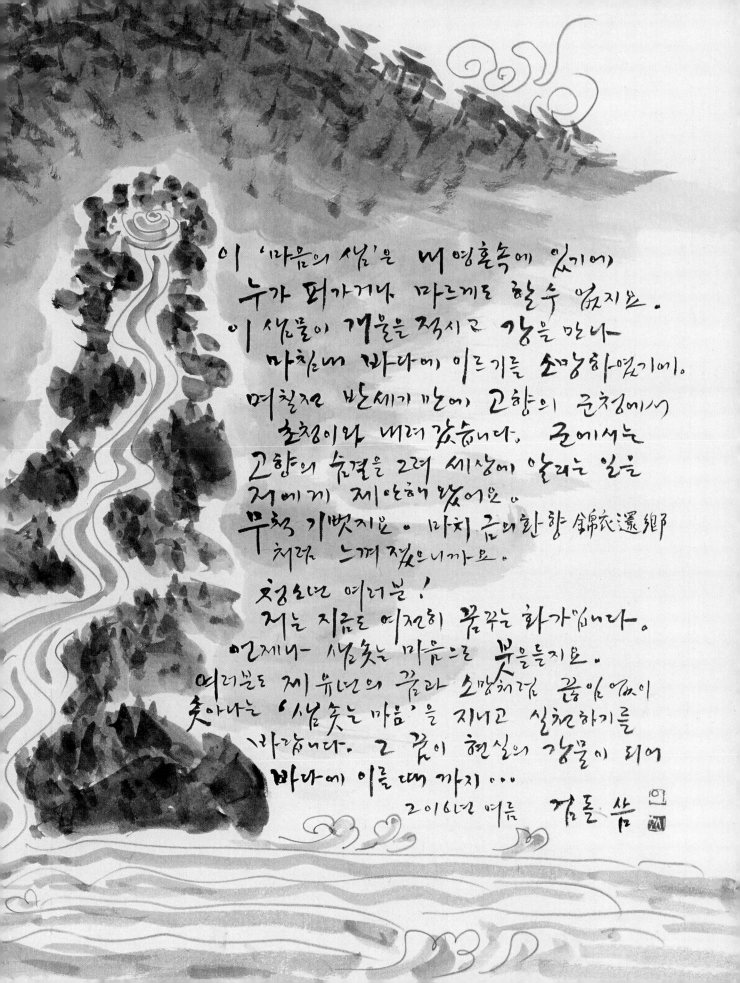

이 '마음의 섬'은 내 영혼 속에 있기에
누가 뒤가거나 마르게 할 수 없지요.
이 샘물이 계을을 적시고 강을 만나
　마침내 바다에 이르기를 소망하였기에.

며칠 전 반세기 만에 고향의 군청에서
　초청이와 내려 갔습니다. 군에서는
고향의 숨결을 그려 세상에 알리는 일을
저에게 제안해 왔어요.
무척 기뻤지요. 마치 금의환향 錦衣還鄕
처럼 느껴졌으니까요.

청소년 여러분!
　저는 지금도 여전히 꿈꾸는 화가입니다.
언제나 샘솟는 마음으로 붓을 들지요.
여러분도 제 유년의 꿈과 소망처럼 끊임없이
솟아나는 '샘솟는 마음'을 지니고 실천하기를
바랍니다. 그 꿈이 현실의 강물이 되어
바다에 이를 때 까지...

　　　　二〇一六년 여름 　정들 샘 印

오늘

　안녕하세요, 오늘도 어김없이 햇살과 공기와 아침이슬, 그리고 바람이 찾아왔네요. 오늘도 보이고 들리고 느낄 수 있으니 내 작은 영혼의 호수가 반짝입니다. 이 새날의 인사를 누구에게 전할까요. 이 고마움을 누구와 함께 나눌까요.

　수년 전 가을 아침에 쓴 〈오늘의 선물〉입니다. 이 '오늘'을 모든 생명과 이웃들에게 감사하며 나누고 싶었지요. 그렇습니다. 여러분 우리는 모두 오늘에 사는 것입니다. 7년 전 지리산 아래로 귀촌한 저는 화실 이름을 '오늘'이라고 정하고 다짐했지요.

　나 오늘에 살리라, 내일의 꿈에 기대지 아니하고 나 오늘에 살리라. 내게 주어진 하루만이 내 삶의 마지막인 것처럼 오늘을 살고 비우리라. 오늘을 살고 가리라.

　조선 후기 문장가 이용휴는 『당일헌기(當日軒記)』에서 '오늘'의 중요성을 설파했지요.

　사람들이 오늘이 있음을 알지 못하게 되면서 세상일이 어긋나게 되었다. 어제는 지나갔고, 내일은 아직 오지 않았다. 할 일이 있다면 다만 오늘이 있을 뿐이다. 이미 지나간 것은 되돌릴 방법이 없다. 아직 오지 않은 것은 비록 3만 6천 날이 잇달아 온대도 그날에는 각기 그날 마땅히 해야 할 일이 있으니 실로 다음 날까지 미칠 여력이 없다.

　한편 송나라 선가(禪家)의 『벽암록(碧巖錄)』에서는 이렇게 '오늘'의 중요성을 일깨워 줍니다.

　삶에서 가장 행복한 날은 언제인가? 오늘이다.
　삶에서 가장 소중한 날은 언제인가? 오늘이다.
　삶에서 가장 절정의 날은 언제인가? 오늘이다.
　과거는 지나간 오늘이고 미래는 다가올 오늘이기 때문이다.

　우리는 꿈을 향해 꿈을 먹고 살지만, 반드시 오늘에 살아야 합니다. 내일의 주인공이 되기 위해서는 오늘 주어진 하루를 후회 없이 살아야 하겠지요. 하여 내게 주어진 일을 미루지 말고 실천합시다.
　유난히도 무덥고 힘들었던 지난 여름을 잊고 가을을 온몸과 마음으로 맞이하세요.
　저 가을 들녘의 풍요와 풀꽃들의 향연도, 그날그날 오늘을 잘 살아낸 결실이지요.
　우리 심호흡하며 오늘의 가을 하늘을 바라보아요!

오늘_37×69cm, 한지에 채색, 2016

오늘

안녕하세요, 오늘도 어김없이 햇살과 공기와 아침이슬, 그리고 바람이 찾아왔네요. 오늘을 보니고 들리고 느낄수 있으니 내 작은 영혼의 호수가 반짝입니다.
이 새 날의 인사를 누구에게 전할까요.
이 고마움을 누구와 함께 나눌까요.

제가 누리고 껏 가는 아침에 쓴 <오늘의 서블>입니다.
이 '오늘'을 모든 생명과 이웃들에게 감사하며 나누고 싶었지요.
그렇습니다. 여러분, 우리는 모두 오늘에 사는 것입니다.
7년전 지구상 아래로 귀촌한 저는 회생 이름을 '오늘'이라고 정하고 다짐 했지요.

나 오늘에 살리라, 내일의 꿈에, 기대지 않으리라
나 오늘에 살리라. 내게 주어진 하루만이 내 삶의 마지막인것 처럼 오늘은 살고 비우리라.
오늘을 살고 가리라—.

조선 후기 문장가 이용휴는 '당일헌기'(當日軒記)에서 '오늘'의 중요성을 설파했지요.

사람들이 오늘이 있음을 알지 못하게 되면서 세상일이 어긋나게 되었다. 어제는 지나갔고, 내일은 아직 오지 않았다. 할 일이 있다면 다만 오늘이 있을 뿐이다. 이미 지나간 것은 되돌릴 방법이 없다. 아직 오지 않는 것은 비록 3만 6천날이 잇달아 온대도

오늘_94×60cm, 한지에 채색, 2016

그날에는 각기 그날 마땅히 해야 할 일이 있으니
실로 다른 날까지 미칠 여력이 없다.

한편 송나라 선가(禪家)의 「벽암록」(碧嚴錄)
에서는 이렇게 '오늘'의 중요성을 일깨워 줍니다.

삶에서 가장 행복한 날은 언제인가? 오늘이다.
삶에서 가장 소중한 날은 언제인가? 오늘이다.
삶에서 가장 절정의 날은 언제인가? 오늘이다.
과거는 지나간 오늘이고 미래는 다가올 오늘이기 때문이다.

청오리 여러분은 꿈을 향해 꿈을 먹고 살지라도, 반드시 오늘에
살아야 합니다. 내일의 주인공이 되기 위해서는 오늘 주어진
하루를 후회없이 살아야 하겠지요.
하여 내게 주어진 일은 미루지 말고 실천합시다.

유난히도 무덥고 힘들었던 지난 여름을 잊고 가을을
온 몸과 마음으로 맞이하세요.
저 가을 들녘의 풍요와 풀꽃들의 향연도, 그늘 그늘
오늘을 잘 살아낸 결실이지요.
우리 심호흡 하며 오늘의 가을하늘을 바라보아요!

2016년 가을 아침에
걸들 씀

처음처럼

1월 1일 아침에 찬물로 세수하면서 먹은 첫 마음으로 1년을 산다면,
학교에 입학하여 새 책을 앞에 놓고 하루 일과표를 짜던 영롱한 첫 마음으로 공부를 한다면……

정채봉 님의 시 '첫 마음'을 읽다가 여러분들이 생각났어요. 그리고 첫눈 오는 날에는 신영복 님의 '처음처럼'이 떠올랐지요.

처음으로 하늘을 만나는 어린 새처럼,
처음으로 땅을 밟는 새싹처럼
우리는 하루가 저무는 겨울 저녁에도
마치 아침처럼, 새봄처럼, 처음처럼
언제나 새날을 시작하고 있다

산다는 것은 수많은 처음을 만들어 가는 끊임없는 시작입니다. 생각해 보면 '첫 마음'이란 개별적인 것으로 스스로를 인식하고 결의하는 것. 자신이 처한 현실을 개혁하려는 꿈의 발단과 그 순간을 각인(刻印)해 보는 것이지요. 분명한 것은 이 첫 마음에는 순수하고 맑으며 기상이 서려 있게 마련이지요. 나아가 꿈을 향한 지속성과 정의, 불굴의 의지 등을 동반합니다. 그런데 사람들은 이 마음을 세파 속에서 잃어갑니다. 현실과 사회를 탓하며 변신을 합리화하고 변명하기에 이릅니다.

지난해 촛불시위는 온 국민을 분노하게 한 위정자들에 대한 고발이었지요. 여전히 수습되지 않은 상황에서 그들의 마음은 변질된 결과를 낳았지요. 누가 나쁜 공직자로 낙인되길 바랐겠습니까? 해서 첫 마음은 '지속'과 '책임'이 다를 때 그 뜻이 살아납니다. 우리는 역사 속에서 수많은 애국지사와 이웃에게 봉사하는 삶, 그리고 자신의 길을 오롯이 걸어간 이들을 존경하지요.

그들은 일생을 '처음처럼' 살려고 노력해 온 결과이지요. 불교 경전에서 "누구나 처음 발심할 때 그 마음만 유지해 수행 정진한다면 큰 깨달음을 얻을 수 있다(초발심시 변정각-初發心是便正覺)"고 합니다. 이 말은 역설적으로 '첫 마음이 이미 깨달음과 같으니 이 마음 약속을 지키고 살라'는 의미를 내포하고 있습니다.

여러분은 새해를 맞아 예전에 지녔던 참마음을 여전히 지니고 있나요? 아니 후회될 일이 많았다면 다시 '첫 마음'을 새롭게 내는 거예요. "세상에 늦은 일은 없고 시작할 때가 가장 이르다"는 말처럼 새 마음으로 스스로를 다짐하며 살아가는 새해이기를 바랍니다. 끊임없는 시작이야말로 청소년의 힘이요, 여러분이 살아갈 미래의 희망입니다

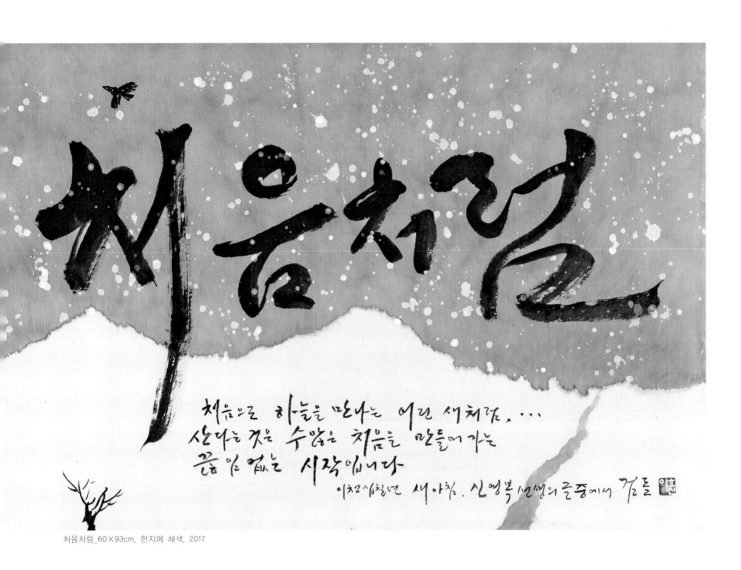

처음처럼_60×93cm, 한지에 채색, 2017

처음처럼

1월 1일 아침에 찬물로 세수하면서
먹은 첫 마음으로 1년을 산다면,
학교에 입학하여 새 책을 앞에 놓고
하루 일과표를 짜던
엄숙한 첫 마음으로 공부를 한다면···

정채봉 님의 시 '첫마음'을 읽다가 여러분들이 생각났어요.
그리고 첫눈 오는 날에는 신영복 님의 '처음처럼'이 떠올랐지요.

"처음으로 하늘을 만나는 어린 새처럼,
처음으로 땅을 밟는 새싹처럼
우리는 하루가 저무는 겨울저녁에도
마치 아침처럼, 새봄처럼, 처음처럼
언제나 새날을 시작하고 있다."
산다는 것은 수많은 처음을 만들어 가는 끝없는 시작입니다.

생각해 보면 '첫 마음'이란 개별적인 것으로 스스로를
인식하고 결의하는 것. 자신이 처한 현실을 개혁하려는
꿈의 발현과 그 순간을 각인(刻印)해 보는 것이지요.
분명한 것은 이 첫 마음에는 순수하고 맑으며 기상이 서려
있게 마련이지요. 나아가 꿈을 향한 지속성과 정의,
불굴의 의지 등을 동반합니다.

처음처럼_60×93cm, 한지에 채색, 2017

그런데 사람들은
이 마음을 세파 속에서
잃어갑니다. 현실과 사회를
탓하며 변신을 합리화하고 변명
하기에 이릅니다.

지난해 촛불시위는 온 국민을 분노하게 한
위정자들에 대한 고발이 있지요. 여전히 수습되지 않은 상황에서
그들의 마음은 변질된 결과를 낳았지요. 누가 나쁜 공직자로
낙인 되기를 바랐겠습니까? 해서 첫 마음은 '지속'과 '책임'이
따를 때 그 뜻이 살아납니다.

우리는 역사 속에서 수많은 애국지사와 이웃에게 봉사하는 삶,
  그리고 자신의 길을 오롯이 걸어간 이들을 존경하지요.
그들은 일생을 '처음처럼' 살려고 노력해 온 결과이지요.
불교경전에서 "누구나 처음 발심할 때 그 마음만 유지해 수행,
정진 한다면 큰 깨달음을 얻을 수 있다 (초발심시 변정각 —
初發心是便正覺)"고 합니다. 이 말은 역설적으로 '첫 마음이
이미 깨달음과 같으니 이 마음약속을 지키고 살라'는 의미를
내포하고 있습니다.

여러분은 새해를 맞아 예전에 지녔던 첫마음을 여전히 지니고
있나요? 아니 후회될 일이 많았다면 다시 '첫 마음'을 새롭게
내는 거에요. "세상에 늦은 일은 없고 시작할 때가 가장 이르다"
는 말처럼 새마음으로 스스로를 다짐하며 살아가는 새해이기를
바랍니다. 끊임없는 시작이야말로 청소년의 힘이요, 여러분이
살아갈 미래의 희망입니다.

          이천 십칠년 새아침에 이 호 신 씀 [印]

산다는 것은 꽃소식을 듣는 일

매화를 바라보며,
겨우내 시린 바람과 눈보라를 이겨낸 매화 망울이 터졌어요.
화실 마당에 심은 세 그루의 매화는 늘 한겨울의 고독과 그리움 속에 피어나지요.

이곳 산청에는 산청 3매(山淸三梅)가 유명해 봄이면 탐매객들이 찾아옵니다. 굳이 옛 선비들이 숭상한 사군자(四君子)의 소재가 아니어도 누구든 영롱한 꽃에 반하고 향기에 매료됩니다. 전해오기를 '매화는 일생을 춥게 살아도 향기를 팔지 않는다'고 하였으니 이른바 단심(丹心)과 지조(志操)를 비유한 말이지요. 어찌보면 '산다는 것은 꽃소식을 듣는 일'이라고 여겨집니다. 춥고, 외롭고, 삭막한 시절을 이겨내고 어둠 속의 별처럼 반짝이는 꽃망울을 마주할 때의 심경이라니.

나태주 시인은 "꽃 한 송이 피었습니다. 지구 한 모퉁이가 아름다워졌습니다('시' 중에서)" 하였고, 조선의 강희맹은 매화를 칭송하며 "너의 그 맑은 향기로 해서 천지의 봄임을 깨달았네"라고 읊조렸지요.

그러나 어찌 꽃의 완상(玩賞)에만 취해 자태와 향기를 구할 수 있겠습니까? 새봄을 맞이하는 마음가짐이 꽃마중을 나서는 일이 되어야겠지요. 다시 뜨락의 매화를 이윽히 바라봅니다. 꽃망울과 아직 피지 않은 꽃봉오리에 유독 눈길이 갑니다. 이 모습이 성장 중인 우리 청소년의 얼굴 같다는 생각이 문득 스쳐갑니다.

그대, 아름다운 꽃봉오리 같은 영혼이여!
부디 이 땅에 저마다의 빛과 향기로 꿈을 꽃 피우기를……

여러분의 안녕을 빌며 지리산 하늘 아래에서 붓을 듭니다. 꽃소식을 띄웁니다.

산다는 것은 꽃소식을 듣는 일_45×29cm, 한지에 채색, 2017

매화를 바라보며

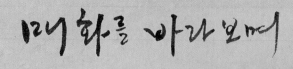

겨우내 시린 바람과 눈보라를 이겨낸
매화 망울이 터졌어요. 화실 마당에 심은
세 그루의 매화는 늘 한겨울의 고독과
그리움 속에 피어 나지요.

이웃 산청에는 산청 3매(山淸三梅)가
유명해 봄이면 탐매객들이 찾아옵니다.

글이 옛 선비들이 숭상한 사군자(四君子)의
소재가 아니어도 누구든 영롱한 꽃에 반하고
향기에 매료됩니다.

전해 오를 이 매화는 일생을 춥게 살아도 향기를 팔지
않는다'고 하였으니 이른바 단심과 지조를 비유한
말이지요.

어찌 보면 '산다는 것은 꽃소식을 듣는 일'이라고
여겨집니다. 춥고, 외롭고, 삭막한 시절을
이겨내고 어둠 속의 별처럼 반짝이는
꽃 망울을 마주할 때의 심경이라니.

나태주 시인은 "꽃 한송이 피었습니다.
지구 한 모퉁이가 아름다워
졌습니다" ('시' 중에서) 하였고,

조선의 강희맹은 매화를 칭송해서
"매화의 그 맑은 향기로 해서 천지의 봄임을 깨달았네"
라고 읊조렸지요.

그러나 어찌 꽃의 완상(玩賞)에만 취해 자태와
향기를 구할수 있겠습니까? 새 봄을 맞이하는
마음 가짐이 꽃마중을 나서는 일이되어야 겠지요.

다시 뜨락의 매화를 이윽히 바라봅니다.

꽃망울과 아직 피지 않은 꽃봉오리에 유독 눈길이 갑니다.
이 모습이 성장중인 우리 청소년의 얼굴 같다는
생각이 문득 스쳐 갑니다.

그대, 아름다운 꽃봉오리 같은 영혼들이여!
부디 이 땅에 저마다의 빛과 향기로 꿈을
꽃피우기를 …
여러분의 안녕을 빌며 지리산 하늘 아래에서
붓을 듭니다. 꽃소식을 띄웁니다.

2017년 봄
지리산곡 산청에서 경률

매화를 바라보며_60×93cm, 한지에 채색, 2017

더불어 대숲

'나무가 나무에게 말했습니다. 우리 더불어 숲이 되어 지키자'

이 글은 쇠귀 신영복 선생의 〈더불어 숲〉에서 널리 알려진 글귀입니다. 내용은 인문적 해석으로 "강자의 지배 논리에 맞서서 공존과 평화의 원리를 지키고, 자본의 논리에 맞서서 인간의 논리를 지키다"는 의미를 내포하고 있습니다. 저는 이 '더불어 숲'과 함께 쌍을 이루는 쇠귀 선생의 글 '함께 맞는 비'도 좋아합니다. 해서 졸필로 쓰고, 비를 맞는 군중을 그린 다음 족자로 꾸며 방에 걸어두고 있습니다. 그 뒷방의 창을 열면 대숲이 울울합니다.

이곳 지리산골 산청 남사예담촌에 귀촌한 까닭 중에는 빈터에 대숲이 있다는 사실이 마음을 사로잡았습니다. 이 까닭에 당연히 화실은 이 대숲을 뒤란에 두고 지었지요. 그 대숲에는 지금 죽순(竹筍)이 한창입니다. 서로 키 재기를 하며 하늘을 찌르고 있습니다. 그 대숲에 들어 하늘을 바라보면 딴 세상입니다. 우주로 통하는 길이요, 피안(彼岸)의 세계이지요. 청잣빛 하늘이 찌든 마음을 씻어 줍니다. 그러나 대나무를 잘 살펴보면 "대나무가 휘어지지 않고 똑바로 자랄 수 있는 것은 줄기에 중간중간을 끊어주는 시련의 마디가 있기 때문이다(정호승 시인)"라는 말이 실감 납니다. 그 마디마디를 형성하여 대나무는 높이 자랍니다.

한그루의 대나무를 바라보는 것도, 그 기상을 느끼는 것도 좋지만 대숲은 장엄하게 느껴집니다. 같음과 다름이 조화를 이룬 대나무의 숲은 모두를 깃들게 합니다. 그 숲에 사는 곤충과 새들, 참새, 까치, 물까치를 매일 만납니다. 사군자(四君子)에서는 선비의 지조를 상징하는 나무로 대나무를 선호하였고, 중국의 죽림칠현(竹林七賢)이 은둔한 곳도 대숲으로 유명하지요. 이 모든 경우는 사실인즉 인간중심으로 해석하고 대숲을 바라본 사례입니다.

여기에 새삼 성찰이 따릅니다. 공존과 상생의 생태적 이해가 함께해야 함을!
저녁이면 수많은 새의 무리가 날아와 대숲에 깃듭니다. 그들의 쉼터요, 둥지이지요.
서걱이는 대나무 잎은 서로 엇갈리고 포개져서 새들의 보금자리를 제공합니다. 그 숲에서 달이 차오르고 별이 돋습니다. 풍죽(風竹)이 되고, 월죽(月竹)이 됩니다. 마침내 〈더불어 숲〉이 되어 존재합니다.

공존과 평화의 시간입니다. 대숲을 서성이며 느끼고 배웁니다.
더불어 함께 해야 할 세상의 이치를 깨닫습니다.

더불어 대숲_61×48cm, 한지에 채색, 2017

대숲에서

'나무가 나무에게 말했습니다. 우리 더불어 숲이 되어 지키자'
이 글은 쇠귀 신영복 선생의 〈더불어 숲〉에서 널리 알려진
글귀입니다. 내용은 인문적 해석으로 "강자의 지배논리에
맞서서 공존과 평화의 원리를 지키고, 자본의 논리에
맞서서 인간의 논리를 지키자는" 의미를 내포하고 있습니다.

저는 이 '더불어 숲'과 함께 쌍을 이루는 쇠귀선생의 글
'함께 맞는 비'를 좋아합니다. 해서 졸필로 쓰고, 비를 맞는
군중을 그린다음 족자로 꾸며 방에 걸어두고 있습니다.

그 뒷방의 창을 열면 대숲이 울을 합니다.
이곳 지리산골 산청 남자에닷혼에 귀촌한 까닭중에는
빈터에 대숲이 있다는 사실이 마음을 사로잡았습니다.
이 까닭에 당연히 화실은 이 대숲을 뒤란에 두고 지었지요.

그 대숲에는 지금 죽순(竹筍)이 한창입니다.
서로 키재기를 하며 하늘을 찌르고 있습니다.
그 대숲에 들어 하늘을 바라보면 딴 세상입니다.
우주로 통하는 길이요 피안(彼岸)의 세계이지요.
천자 밖 하늘이 찌르는 마음을 씻어줍니다.

그러나 대나무를 잘 살펴보면 "대나무가 휘어지지 않고
똑바로 자랄수 있는 것은 줄기의 중간 중간을 끊어두는
시간의 마디가 있기 때문이다"(정호승 시인) 라는
말이 실감납니다. 그 마디 마디를 형성하며
대나무는 높이 자랍니다.

대숲에서_60×94cm, 한지에 채색, 2017

한 그루의 대나무를 바라보는 것은, 그 기상을 느끼는 것도 좋지만
대숲은 장엄하게 느껴집니다. 같음과 다름이 조화를 이룬
대나무의 숲은 모두를 것들게 합니다.
그 숲에 사는 곤충과 새들, 참새, 까치, 물까치를 매일 만납니다.

예전 사군자(四君子)에서는 선비의 지조를 상징하는 바로
대나무를 선호하였고, 중국의 죽림칠현(竹林七賢)이 은둔한 곳도
대숲으로 유명하지요.   이 모든 경우는 사실 인즉
인간중심으로 해석하고 대숲을 바라본 사례입니다.

여기에 새삼 성찰이 따릅니다.
공존과 상생의 생태적 이해가 함께해야 함을!
저녁이면 수많은 새들의 무리가 날아와 대숲에 깃듭니다.
그들의 쉼터요, 둥지인 것이지요.
신경이는 대나무 잎은 서로 엇갈리고 동개쳐서
새들의 보금자리를 제공합니다.

그 숲에서 달이 차오르고 별이 돋습니다.
풍죽이 되고, 월죽이 됩니다. 마침내 <더불어 대숲>이
되어 존재합니다.
공존과 평화의 시간입니다.
대숲을 서성이며 느끼고 배웁니다.
더불어 함께 해야 할 세상의 이치를 깨닫습니다.

2017년 여름
산청 오늘화실 대숲에서
이 호 신 씀

가을이

봄에게

아름다움은 자기다운 것

자연스런 것은 아름답습니다.
사람마다 다른 얼굴을 지닌 것이 자연스런 현상이요, 아름다움입니다.
모든 생물은 저다움으로 빛나고 향기를 발하며 한 하늘 지붕 아래서 피고 또 지지요.

여러분은 어떻습니까? 자신에 대해, 나의 존재에 대해서.
자존(自尊)이란 '자기의 품위를 스스로 지킨다'는 뜻이지요. 미술사가 최순우 선생님은 '나는 내 것이 아름답다'고 하셨지요. 여기엔 우리 고유의 문화와 전통, 그리고 국토애에 관한 인문학적 해석도 함께합니다. 이 광의의 의미도 실은 자각(自覺)으로부터 가능한 자기 체험의 미감(美感)입니다.

자, 이제 여러분의 모습, 말씨, 글씨는 어떠한가요. 누구와도 다르고 비교할 수도 없는 것이지요. 저는 한때 어린이 미술을 지도하면서 학부모님들의 기준으로 잘 그린 아이의 그림을 선호하고 따라 하기를 원하기에 말씀드렸지요. 똑같은 노래를 불러도 모두 다른 목소리가 나오듯, 이것이 개성이며 존중해야 한다고 일깨워 드렸습니다. 아이의 그림 역시 그렇습니다.

저 가을빛 아래 영그는 열매와 풀꽃들을 보세요. 저마다의 조형과 빛깔과 향기로 당당하고 모두들 조화롭지 않습니까? 모두 하나의 꽃으로, 비슷한 꽃만이 있다면 지루하겠지요. 이처럼 비교되지 않는 삶. 비교할 수 없는 인생이 중요합니다. 결국 비교가 불행을 자초하고 현실을 비관하게도 하니까요.

'비슷한 것은 가짜'라고 설파한 연암 박지원 선생님의 말씀도 상기하면서 누구를 닮아 보려고 애쓰지도 말아요. 진짜의 삶을 위해 나의 거울을 보기로 해요.

유난히도 무더웠던 여름을 보내고 맞이하는 이 가을!
밤하늘의 별처럼, 들판의 들꽃처럼 '나의 별'과 '나의 꽃'을 찾고 만나세요.

역설적으로 말하지요.
'자기다운 것이 아름다움'입니다.

아름다움은 자기다운 것_43×37cm, 한지에 채색, 2017

자연스런 것은 아름답습니다.

사람들 마다 다른 얼굴을 지닌 것이 자연스런 현상이요,
아름다움입니다.
모든 생물은 저다움으로 뽐내고 향기를 발하며 한 하늘
지붕아래서 피고 또 지지요.
　　여러분은 어떻습니까?
자신에 대해, 나의 존재에 대해서.
　　자존(自尊) 이란 '자기의 품위를 스스로 지킨다'는 뜻이지요.
미술가가 최순우 선생님은 '나는 내것이 아름답다'고 하셨지요.
여기엔 우리고유의 문화와 전통, 그리고 국토애에 관한
인물학적 해석을 함께 합니다. 이 강의의 의미를 실은
자각(自覺)으로 부터 가능한 자기체험의 미감(美感)입니다.

자, 이제 여러분의 모습, 말씨, 글씨는 어떠한가요.
누구와도 다르니 비교할 수도 없는 것이지요.
저는 한때 어린이 미술을 지도하면서 학부모님들의
기준으로 잘 그린 아이의 그림을 선호하고 따라하기를
　　원하기에 말씀드렸지요. 똑 같은 노래를 불러도
모두다른 목소리가 나듯, 이것이 개성이며 존중해야
한다고 일깨워 드렸습니다. 아이의 그림 역시.

자연스런 것은 아름답습니다_60×93cm, 한지에 채색, 2017

그렇습니다.
저 가을 빛 아래 영그는 열매와 들꽃들을 보세요.
　저마다의 조형과 빛깔과 향기로 당당하고
모두들 조화롭지 않습니까? 모두 하나의 꽃으로, 비슷한
꽃만이 있다면 지루하겠지요.
이처럼 비교되지 않는 삶, 비교할 수 없는 인생이 중요합니다.
결국 비교가 불행을 자초하고 현실을 비관하게도 하니까요.

　'비슷한 것을 가지자'라고 섣부른 연습 받지원 선생님의
말씀을 상기하면서 누구를 닮아 보려고 애쓰지를 말아요.
진짜의 삶을 위해 나의 거울을 보기로 해요.

유난히도 무더웠던 여름을 보내고 맞이하는 이 가을!
　밤 하늘의 별처럼, 들판의 들꽃처럼
'나의 별'과 '나의 꽃'을 찾고 만나세요.
역설적으로 말하지요.
'자기다운 것이 아름다움' 입니다.
　　　　　이처럼처럼 가을에
　　　　　　　이호신 그리고 씀

날개

어느덧 무서리가 내리고 눈발이 날리더니 마당의 감나무는 까치밥이 되었어요. 그 창공 위로 뭉게구름 흐르고 새가 날아갑니다.

늘 보는 풍경이지만 오늘 보는 새는 다릅니다. 새삼 새가 날 수 있는 것은 양 날개 때문임을! 한쪽 날개로는 세상을 향해 날 수 없다는 새의 생태와 진리를 생각해 봅니다.

우리 삶에서도 이상과 현실, 지성과 이성, 배움과 실천 등이 모두 양 날개와 같습니다. 수레바퀴도 두 개라야 굴러가는 법이지요.

이처럼 여러분의 생활도 양 날개를 지녀야 해요. 자신의 꿈이 실현될 수 있으려면 균형 있는 감각과 실천이 필요합니다. 양 날개 같은 마음을 지녀야 하지요.

어떤 일에 매진하기 위해서는 노력과 함께 건강을 지녀야 하고, 계획과 함께 반드시 실천하는 의지가 있어야 하겠지요. 무리한 욕심으로 일을 시작하면 중도에 포기하는 일이 생기듯 생각과 실천이 균형을 이루어야 합니다. 즉 생각의 날개와 실천의 날개를 지녀야지요.

여러분은 언젠가 세상을 향해 보호받아온 생활의 둥지를 박차고 날아가야 합니다. 그 먼 여정을 위해 새가 깃털을 여미듯이 두 날개를 점검해 보기 바랍니다. 해서 이제부터는 매일 새의 양 날개를 떠올리며 살아야겠습니다.

더 높이 더 멀리 날기 위하여.
꿈과 이상의 실현을 위하여!

날개_57×45cm, 한지에 채색, 2017

날개

　어느덧 무서리가 내리고 눈발이 날리더니
마당의 감나무는 까치밥이 되었어요.
　그 창공 위로 뭉게구름 흐르고 새가 날아갑니다.
늘 보는 풍경이지만 오늘 보는 새는 다릅니다.
새삼 새가 날수 있는 것은 양날개 때문임을!
　한쪽 날개로는 세상을 향해 날수 없다는
새의 생태와 진리를 생각해 봅니다.
　우리 삶에서도 이상과 현실, 지성과 이성,
배움과 실천 등이 모두 양날개와 같습니다.
　수레바퀴도 두개라야 굴러 가는 법 이지요.
이처럼 여러분의 생활도 양 날개를 지녀야 해요.
자신의 꿈이 실현 될수 있으려면 균형있는
감각과 실천이 필요합니다.
양 날개 같은 마음을 지녀야 하지요。

날개_60×92cm, 한지에 채색, 2018

어떤 일에 매진하기 위해서는 노력과 함께
건강을 지녀야 하고, 계획과 함께 반드시
실천하는 의지가 있어야 하겠지요.
　무리한 욕심으로 일을 시작하면 중도에
포기하는 일이 생기듯 생각과 실천이 균형을
이루어야 합니다.
　즉 생각의 날개와 실천의 날개를 지녀야지요.
청소년 여러분은 언젠가 세상을 향해 보호받아온
생활의 둥지를 박차고 날아가야 합니다.
　그 때 여정을 위해 새가 깃털을 여미듯이
두 날개를 점검해 보기 바랍니다.
　해서 이제부터는 매일 새의 양 날개를 떠올리며
살아야겠습니다.
　더 높이 더 멀리 날기 위하여.
꿈과 이상의 실현을 위하여!
　　　2018년을 맞이하여　　　이호신 씀

늘 보던 새로움

매운 겨울 한 철이 지나고 봄기운이 완연한 나날입니다. 해마다 돌아오는 봄이지만 우리 청소년들은 새 마음으로 봄 마중을 나가야겠지요. '다시'와 '새롭게'는 엄연히 다릅니다. '다시'는 과거와 반복으로 이어지지만 '새롭게'는 지금 새날에 느끼는 감흥과 창의이지요. 해서 풀꽃 하나도 새로운 눈으로 감정의 숨결로 인식해야 합니다. 그렇게 사물과 호흡하면 경이를 느끼고 생명의 소리가 들려오지요.

옛말에 '생경한 것은 익숙하게 하고, 익숙한 것은 새롭게 느껴야 한다'는 말이 있어요. 뜻을 모으자면 '늘 보던 새로움'입니다. 법고창신(法古創新)이란 뜻도 이에 부합 합니다. 옛 법에 의미를 두되 반드시 새로워야 한다는 것이지요. 오늘 피는 꽃과 나무의 새순, 흐르는 구름과 해와 달도 새날이요, 새 봄의 선물인 것이지요.

여러분의 노트나 스케치북에 가장 눈에 띄고 만나기 쉬운 봄꽃을 보고, 형태나 잎 하나를 그려 보세요. 그냥 무심히 바라보거나 휴대폰으로 찍었을 때와는 분명히 다르게 느껴질 거예요. 남다른 느낌과 감성이 생겨날 거예요. 사물을 가까이 다가가서 살펴보면 늘 보던 일상과는 달리 새롭게 보입니다. 자신도 모르게 생명의 숨결을 느끼고 흐뭇해집니다. 마땅히 실천해 보길 꼭 권합니다. 꼭 닮지 않아도 잘 표현되지 않아도 자신의 마음과 손으로 그린 꽃들은 아름다운 것이지요. 새로 피어난 것이기에……

여기에 나태주 시인님의 '풀꽃'을 선사합니다.

자세히 보아야 예쁘다.
오래 보아야 사랑스럽다.
너도 그렇다

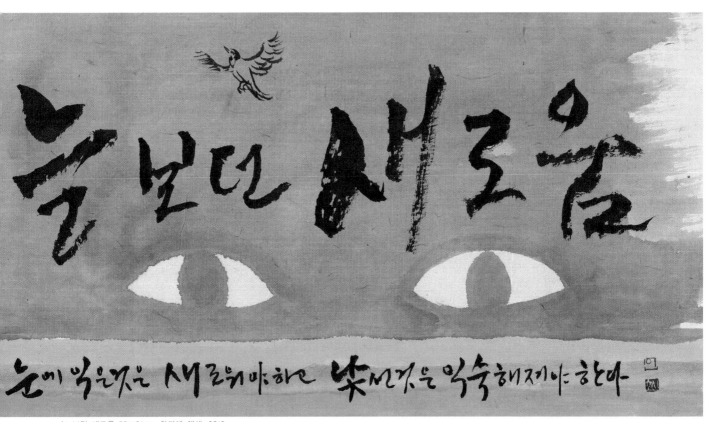

늘 보던 새로움_59×31cm, 한지에 채색, 2018

늘 보던 새로움

매운 겨울 한 철이 지나고 봄기운이 완연한 나날입니다.
해마다 돌아오는 봄이지만 우리 청소년들은
새 마음으로 봄마중을 나가야겠지요.
'다시'와 '새롭게'는 엄연히 다릅니다. '다시'는
과거의 반복으로 이어지지만 '새롭게'는 지금, 새날에
느끼는 감흥과 창의이지요.
해서 풀꽃 하나도 새로운 눈으로 감정의 숨결을 인식해야
합니다. 그렇게 사물과 호흡하면 경이를 느끼고
생명의 소리가 들려오지요.
옛말에 '생경한 것은 익숙하게 하고, 익숙한 것은 새롭게
느껴야 한다'는 말이 있어요. 뜻을 모으지면 '늘 보던
새로움'입니다.
법고 창신(法古 創新)이란 뜻도 이에 부합합니다.
옛 법에 의미를 두되 반드시 새로워야 한다는 것이지요.
오늘 피는 꽃과 나무의 새순, 흐르는 구름과 해와
달도 새날이요, 새 봄의 새 물인 것이지요.

늘 보던 새로움_60×93cm, 한지에 채색, 2018

여러분의 노트나 스케치북에 가장 눈에 띄고
만나기 쉬운 봄꽃을 보고, 형태나 잎 하나를 그려 보세요.
그냥 무심히 바라볼때나 휴대폰으로 찍었을 때와는
분명히 다르게 느껴 질거에요. 남다른 느낌과 감성이
생겨 놀거에요.
　사물을 가까이 다가가서 살펴 보면 늘 보던 일상과는
달리 새롭게 보입니다.
자신도 모르게 생명의 숨결을 느끼고 흐뭇해 집니다.
마땅히 실천해 보길 꼭 권합니다. 꼭 닮지 않아도
잘 들어맞지지 않아도 자신의 마음과 손으로 그린 꽃들은
아름다운 것이지요. 새로 피어난 것이기에...
여기에 나태주 시인님의 '풀꽃'을 게사합니다.
　　자세히 보아야 예쁘다
　　오래 보아야 사랑스럽다
　　너도 그렇다

　　　　2018년 봄마중 속에서
　　　지리산골 산청,
　　　　이호신 씀

함께 젖는 마음

돕는다는 것은 우산을 들어주는 것이 아니라 함께 비를 맞는 것입니다. 함께 비를 맞지 않는 위로는 따뜻하지 않습니다. 위로는 위로를 받는 사람으로 하여금 스스로가 위로의 대상이라는 사실을 다시 한번 확인시켜 주기 때문입니다……. 입장의 동일함, 그것은 관계의 최고 형태입니다. (신영복 '함께 맞는 비'에서)

금년에 나라에서 가장 특별한 일은 평창동계올림픽을 성공적으로 치른 일과 남북한 정상회담이 열린 것이라 하겠지요. 해서 여름 빗속에서 띄우는 편지는 개인이 아닌 나라에 관한 생각입니다.

남북한이 단일팀으로 한반도기를 내세우고 함께 선수들을 응원한 평창동계올림픽! 한반도의 전쟁을 종식하고 평화를 내세운 남북회담은 이 땅의 큰 희망입니다. 저나 청소년 여러분 모두 남북전쟁 이후에 태어나 민족의 참상과 분단의 아픔을 겪지 못했지요. 하지만 세계에서 유일한 분단 민족의 수치와 이산가족의 아픔을 치유하는 일은 중요합니다. 이른바 하늘이 준 기회요, 선물에 다름 아닙니다.

부디 바라건대 이 남북평화의 물결은 마치 '함께 맞는 비'가 되어야 합니다. 동일한 입장에서 '함께 젖는 마음'을 가져야 하겠지요. 누구는 창밖에서 비를 맞는 사람을 동정하는 일이 없기를 바랍니다.

미래의 국가자원인 청소년 여러분이 살아갈 토양을 생각하며 남북한 청소년의 아름다운 교류와 만남을 희망합니다. 다시 한반도의 꿈이 하나가 되어 세계 평화에 이바지할 여러분의 세상을 기대하게 합니다.
이 편지를 쓰는 지금, 한반도 전역에 비 소식입니다. 이 소식처럼 남북의 마음들이 모두 비에 젖기를 간절히 소망합니다. 우리 청소년들이 살아갈 내일의 토양이 건강하기를 비는 마음입니다.

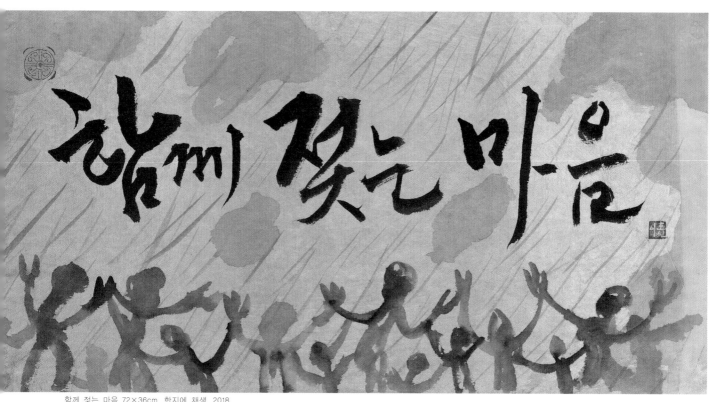

함께 젖는 마음_72×36cm, 한지에 채색, 2018

함께 젖는 마음

돕는다는 것은 우산을 들어주는 것이 아니라 함께
비를 맞는 것입니다.
함께 비를 맞지 않는 위로는 따뜻하지 않습니다.
위로는 위로를 받는 사람으로 하여금 스스로가 위로의
대상이라는 사실을 다시 한번 확인시켜 주기 때문입니다.
心情의 동일함, 그것은 관계의 최고 형태입니다.
　　　　　　　— 「함께 맞는 비」(신영복)에서

금년 (2018년) 전반기에 나라에서 가장 특별한 일은
평창 동계 올림픽을 성공적으로 치른 일과 남북한 정상회담을
열린 것이라 하겠지요. 해서 여름 빗속에서 띄우는 편지는
개인이 아닌 나라에 대한 생각입니다.

남북한이 단일팀으로 한 발돋기를 내세우고 함께 선수를
응원한 평창 동계 올림픽! 한반도의 전쟁을 종식하고
평화를 내세운 남북회담은 이 땅의 큰 희망입니다.

함께 젖는 마음_60×92cm, 한지에 채색, 2018

제가 청소년 여러분 모두 남북 전쟁 이후에
태어나 민족의 참상과 분단의 아픔을 겪지 못했지요.
하지만 세계에서 유일한 분단민족의 수치와
이산가족의 아픔을 치유하는 일은 중요합니다.
이른바 하늘이 준 기회요, 선물에 다름 아닙니다.

부디 바라건대 이 남북 평화의 물결은 마치
'함께 맞는 비'가 되어야 합니다. 동일한 입장에서
'함께 젖는 마음'을 가져야 하겠지요. 누구는 창밖에서
비를 맞는 사람을 동정하는 일이 없기를 바랍니다.

미래의 국가 자원인 청소년 여러분이 살아갈 토양을 생각하며
남북한 청년의 아름다운 교류와 만남을 희망합니다.
다시 한반도의 꿈이 하나가 되어 세계 평화에 이바지할
여러분의 세상을 기대하게 합니다.
이 편지를 쓰는 지금, 한반도 전역이 비 소식입니다.
이 소식처럼 남북의 마음들이 모두 비에 젖기를
간절히 소망합니다. 우리 청소년들이 살아갈
내일의 토양이 건강하기를 비는 마음입니다.

2018년 초여름 빗속에서
이 호신 그리고 씀

가을은 절제의 아름다움

단풍 편지

가을이라 가을바람 솔솔 불어오니
푸른 잎은 붉은 치마 갈아입고서
남쪽나라 찾아가는 제비 불러 모아
봄이 오면 다시 오라 부탁하노라

동요 '가을' 노래가 무척이나 그립고 반갑습니다. 지난여름 국내는 물론 지구촌 모두가 폭염으로 숨죽인 나날이 연속이었으니…… 그 뜨거운 여름을 여러분은 어떻게들 견디었나요? 이 모두가 지구촌의 재앙으로 인류의 미래, 즉 여러분이 살아갈 시대를 함께 염려합니다.

흔히들 가을은 결실과 풍요의 계절이라고 하지요, 하지만 살펴보면 절제의 계절이기도 합니다. 이 자연의 섭리를 통해 인간의 욕망을 성찰해 봅니다. 텃밭의 고추도 붉게 물들면 성장을 멈추고 시들해지며, 감나무도 감이 영글면 감잎이 물든 후 낙엽으로 떨어지지요. 들국화는 산천을 물들이되 언제나 낮은 자리를 지키고, 철새들은 둥지를 비우고 떠날 채비에 분주합니다. 이것이 장엄한 노을처럼 단풍이 물든 가을의 풍경입니다. 이어서 생명과 존재의 절정에서 빛나는 '절제의 아름다움'을 보여 줍니다. 만약에 초목이 끊임없이 성장만을 지속한다면 대자연은 재앙으로 가득 차겠지요.

이제 우리도 이 자연의 질서를 떠올리며 가을을 맞이합시다. 지나친 고민과 분수를 넘는 욕망은 없었는지, 노력보다 많은 결과를 기대하지 않았는지, 또 물질에 대한 집착과 비교로 상처받지는 않았는지를 점검해 보아요. 혹 탐욕이 있었다면 과감하게 떨치기를……. 마치 단풍이 낙엽이 되어 빈 하늘과 구름을 바라보는 나무처럼 자유롭기를 바랍니다. 이렇듯 '텅 빈 충만'이 어쩌면 삶의 미덕이요, 절제의 아름다움으로 빛납니다.
해서 단풍에 물든 편지를 가을바람 속에 띄웁니다.
내일의 주인공, 그대들의 세상을 기약하며!

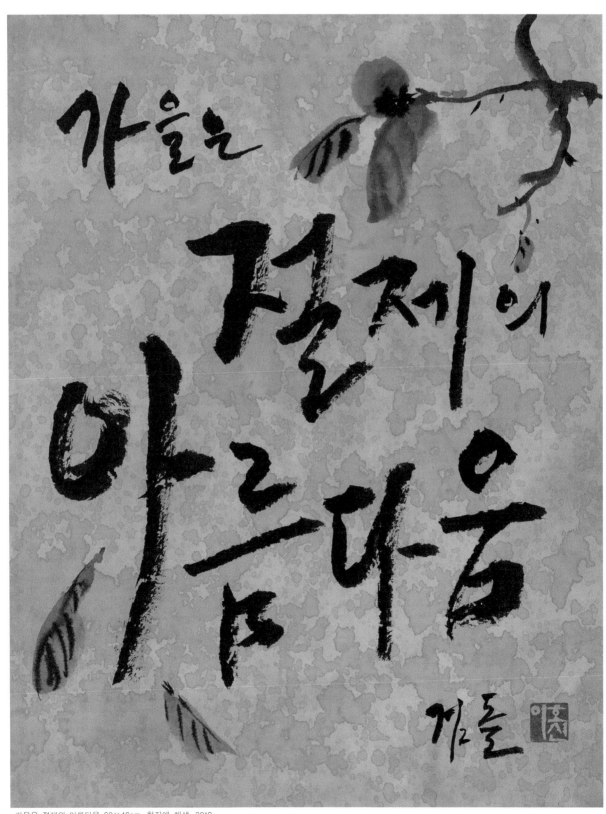

가을은 절제의 아름다움_60×46cm, 한지에 채색, 2018

단풍 편지

가을이라 가을바람 솔솔 불어오니
푸른 잎은 붉은 치마 갈아 입고서
남쪽나라 찾아가는 제비 불러 모아
봄이 오면 다시 오라 부탁하느라

동요 '가을' 노래가 문득이나 그럽고 반갑습니다.
지난 여름 국내는 물론 지구촌 모두가 폭염으로 숨죽인 나날이
연속이었으니… 그 뜨거운 여름을 여러분은 어떻게들
견디었나요? 이 모두가 지구촌의 재앙으로 인류의 미래,
즉 여러분이 살아갈 시대를 함께 염려합니다.

흔히들 가을은 결실과 풍요의 계절이라 하지요, 하지만
살펴 보면 절제의 계절이기도 합니다. 이 자연의 섭리를
통해 인간의 욕망을 성찰해 봅니다.
첫 밭의 고추도 붉게 물들면 성장을 멈추고 시들해지며,
감나무도 감이 열리면 감잎이 물든 후 낙엽으로 떨어지지요.
들국화는 산하를 물들이려 언제나 낮은 자리를 지키고,
철새들은 둥지를 비우고 떠날 채비에 분주합니다.

가을은 절제의 아름다움_60×91cm, 한지에 채색, 2018

　이것이 장엄한 노을처럼 단풍이 물든 가을의 풍경입니다.
이어서 생명과 존재의 절정에서 벗나는 '절제의 아름다움'을
보여줍니다. 만약에 초록이 끝임없이 성장만을 지속한다면
대자연은 재앙으로 가득 차겠지요.

　이제 우리도 이 자연의 질서를 떠올리며 가을을 맞이합시다.
지나친 고집과 분수를 넘는 욕망은 없었는지, 노력보다 많은
결과를 기대하지 않았는지, 또 물질에 대한 집착과 비교로
상처 받지는 않았는지를 점검해 보아요. 혹 탐욕이 있었다면
과감하게 떨쳐치기를 …
마치 단풍이 녹엽이 되어 빈 하늘과 구름을 바라보는 나무처럼
자유롭기를 바랍니다. 이렇듯 '텅 빈 충만'이 어쩌면 삶의
미덕이요, 절제의 아름다움으로 빛납니다.

　해서 단풍에 물든 편지를 가을바람 속에 띄웁니다.
내일의 주인공, 그대들의 세상을 기약하며!

　　　2018년 가을빛이 고운날
　　　지리산록 산청에서　이 호 신 씀

다름의 조화

초겨울 지리산 산행에서 만나는 나무는 모두 제 모습을 뚜렷이 드러냅니다. 나목(裸木)이 된 둥치와 가지들이 제 얼굴을 보여 주지요. 천왕봉을 오르며 만난 나무들의 이름을 불러 봅니다. 소나무, 낙엽송, 거제수나무, 구상나무, 신갈나무, 당당풍나무, 산벚나무, 사스레피나무, 노각나무…….

그 나무 아래 쌓인 낙엽들을 바라보며 발길을 멈추고 떠오른 생각!

모든 나무와 낙엽은 형태와 빛깔이 다르다는 사실을 새삼스레 느낍니다. 또한 낙엽들이 뒤섞여 무리를 이룬 조형미의 찬연함이란 실로 어떤 수식으로도 형용이 어렵습니다. 이 발견 속에는 '다름의 미학'이 '조화'로 빛나고 있었지요.

한편 한 달 전 마을 정비 사업으로 우리 집에도 돌담을 쌓아 주었는데 황토와 함께 강 돌이 사용되었지요. 이 강 돌이 어디서 왔는지는 모르나 모든 돌의 형태와 표면이 다른 빛깔을 지녔지요. 이제 완성된 담장은 서로 다른 돌들이 모여 황토와 햇살 속에 우아함을 드러냅니다. 마침내 마을의 문화유산으로 존재합니다. 그 작업 중에 남은 돌들을 마당에 옮겨 돌탑을 쌓으니 이른바 '만인의 탑'입니다. 누구나가 돌을 올릴 수 있으니 서로 다른 돌들이 새로운 조형물로 드러납니다. 서로를 받쳐주고, 기대주고, 끼워주고, 업어주는 돌탑은 여전히 진행형이지요. 밑의 돌이 무너질라 조심조심, 다른 돌에 누가 될라 조심조심 올리는 세상에서 가장 아름다운 탑입니다. 모두 고향은 다르지만, 옹기종기 모여 사는 사람들의 얼굴처럼 느껴지기도 하네요.

해서 숲을 이루는 여러 나무와 다양한 나뭇잎처럼, 돌담과 돌탑의 조화처럼 다름이 인정되는 사회를 생각해 봅니다. 다양한 개성이 존중되고 신뢰받는 세상, 개인의 능력과 자질이 유용하게 쓰이는 세상을 희망하게 합니다. 누군가 "함께 꾸는 꿈은 현실이 된다"고 하였으니 그 꿈을 현실로 바꿀 수있는 주인공은 바로 싱싱한 여러분이지요.

청신한 지리산 겨울 숲길에서 그대들을 응원합니다.

다름의 조화_60×36cm, 한지에 채색, 2018

다름의 조화

초겨울 지리산 산행에서 만나는 나무는 모두 제 모습을 뚜렷이 드러냅니다. 나목(裸木)이 된 둥치와 가지들이 제 얼굴을 보여 주지요. 천왕봉을 오르며 만난 나무들의 이름을 불러 봅니다. 소나무, 낙엽송, 개제수나무, 구상나무, 신갈나무, 당단풍나무, 산벚나무, 사스레피나무, 노각나무...

그 나무 아래 쌓인 낙엽들을 바라보며 발길을 멈추고 때오르는 생각. 모든 나무와 낙엽은 형태와 빛깔이 다르다는 사실을 새삼스레 느낍니다. 많은 낙엽들이 뒤 섞여 무리를 이룬 조형미의 찬연함이란 실로 어떤 수식으로도 형용이 어렵습니다. 이 발견 속에는 '다름의 미학'이 '조화'를 빚어 있었지요.

한편 한 달 전 마을 정비사업으로 우리집에도 돌담을 쌓아 주었는데 황토와 함께 강돌이 사용되었지요. 이 강돌이 어디서 왔는지는 모르나 모든 돌의 형태와 표면이 다른 빛깔을 지녔지요. 이제 완성된 담장은 서로 다른 돌들이 모여 황토와 햇살 속에 우아함을 드러냅니다. 마침내 마을의 문화유산으로 존재합니다.

그 작업중에 남은 돌들을 마당에 옮겨 돌탑을 쌓으니 이른바
'만인의 탑'입니다. 누구나가 돌을 올릴수 있으니 서로다른 돌들이
새로운 조형물로 드러납니다.
서로를 받쳐주고, 기대주고, 끼워주고, 엎어주는 돌탑은 여전히
진행형이지요. 밑의 돌이 무너질라 조심조심. 다른 돌에 누가 될라
조심조심 올리는 세상에서 가장 아름다운 탑입니다.
모두 고향은 다르지만 옹기종기 모여사는 사람들의 얼굴처럼
느껴지기도 하네요.

해서 숲을 이루는 여러나무와 다양한 나뭇잎처럼, 돌담과
돌탑의 조화처럼 다름이 인정되는 사회를 생각해 봅니다.
다양한 개성이 존중되고 신뢰받는 세상, 개인의 능력과
자질이 유용하게 쓰이는 세상을 희망하게 합니다.
누군가 "함께 꾸는 꿈은 현실이 된다"고 하였으니 그 꿈을
현실로 바꿀 주인공은 바로 청소년 여러분이지요.
청신한 지리산 겨울 숲길에서 그대들을 응원합니다.

2018년 초겨울
지리산들 산청에서 이호신 씀

다름의 조화_60×92cm, 한지에 채색, 2018

생명의 노래

　지난 겨울은 겨울답지 않게 포근한 날이 많았지요. 어떤 계절이든 제철다워야 하는데 눈은 거반 내리지 않고 얼음도 한낮이면 다 녹았습니다. 거기에다 황사 바람이며 미세먼지 주의보가 연일 이어졌지요. 해서 우리 생활에 '환경'이란 단어가 삶의 질을 결정하는 바로미터가 되었습니다. 매년 이러한 현상이 지속된다면 어찌 될까요? 모두 외출을 꺼리고 매일 날씨 걱정에 움츠러들 것입니다.

　염려 속에도 봄은 어김없이 왔네요. 해묵은 감나무 가지 끝에 순이 싹트고 민들레가 노란빛을 틔웁니다. 목련이 벙글고 매화가 망울을 터뜨리니 꿀벌이 잉잉거리며 날아듭니다. 모두 지난겨울을 온몸으로 버티고 나온 생명입니다. 이때가 되면 저와 인연이 깊었던 박희진(1931~2015년) 님의 시 <새봄의 기도>가 떠오릅니다.

　　이 봄엔 풀리게
　　내 뼛속에 얼었던 어둠까지
　　풀리게 하옵소서.
　　온 겨우내 검은 침묵으로
　　추위를 견디었던 나무엔 가지마다
　　초록의 눈을, 그리고 땅속의
　　벌레들마저 눈뜨게 하옵소서.
　　이제사 풀리는 하늘의 아지랑이,
　　골짜기마다 트이는 목청,
　　내 혈관을 꿰뚫고 흐르는
　　새소리, 물소리에
　　귀가 열리는 나팔꽃인양,
　　그리고 죽음의 못물이던
　　이 눈엔 생기를, 가슴엔 사랑을
　　불붙게 하옵소서.

　이 '새봄의 기도'는 어느 때 보다 간절한 '생명의 노래'로 들려옵니다. 이 노래에 화답하기 위해서 우리는 무엇을 해야 할까요? 무엇보다 환경오염을 떠올려 과소비와 쓰레기를 줄여야 합니다. 물질에서 정신으로, 과시에서 겸허한 마음의 씨앗을 뿌려야 합니다. 오늘은 물론 내일을 위한 생명의 노래가 지속되기 위해서……

　따라서 이 노래는 자연과 사람이 함께 부르는 노래여야 희망이 있습니다.

　이제 여러분 스스로 모두들 실천해야 합니다.

　눈에는 생기와 가슴엔 사랑이 불붙어야 합니다.

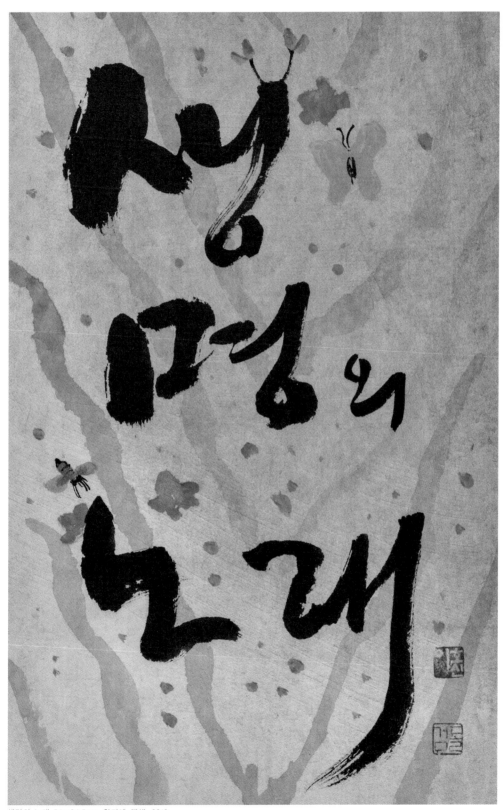

생명의 노래_54×34.5cm, 한지에 채색, 2019

생명의 노래

지난겨울은 겨울답지 않게 포근한 날이 많았지요.
어떤 계절이던 제철다워야 하는데 눈은 기 반 내리지 않고
얼음도 한 둣이면 다 녹았습니다. 거기에다 황사바람이며
미세먼지 주의보가 연일 이어졌지요.
해서 우리생활에 '환경'이란 단어가 삶의 질을 결정하는
바로미터가 되었습니다. 만년 이러한 현상이 지속된다면
어찌 될까요? 사람들은 모두 외출을 꺼리고 매일 날씨 걱정에
움츠려 들것입니다.

이 염려 속에도 봄은 어김없이 왔네요.
해묵은 감나무가지 끝에 슾이 싹트고 민들레가 노란빛을 틔웁니다.
목련이 벙글고 매화가 꽃물을 터뜨리니 꿀벌이 잉잉거리며
날아듭니다. 모두 지난겨울을 온 몸으로 버티고 나온 생명입니다.
이때가 되면 저와 인연이 깊었던 박희진(1931~2015년)님의
시 <새봄의 기도>가 떠오릅니다.

이 봄에 풀리게
내 뼛속에 얼었던 어둠까지
풀리게 하옵소서.
온 겨우내 깊은 침묵으로
추위를 견디었던 나무인 가지마다
초록의 눈을, 그리고 땅속의
벌레들마저 눈뜨게 하옵소서.

생명의 노래_62×93cm, 한지에 채색, 2019

이제 싹 틔우는 하늘의 아지랑이,
골짜기마다 트이는 목청,
내 혈관을 꿰뚫고 흐르는
새소리, 물소리에
귀가 열리는 바람꽃인 양,
그리고 죽음의 못물이던
이 눈에 생기를, 가슴엔 사랑을
불 붙게 하옵소서.

이 '새봄의 기도'는 어느 때 보다 간절한 '생명의 노래'로
들려 옵니다.
이 노래에 화답하기 위해서 우리는 무엇을 해야 할까요?
무엇보다 환경오염을 떠올려 과소비와 쓰레기를 줄여야 합니다.
물질에서 정신으로, 과시에서 겸허한 마음의 씨앗을
뿌려야 합니다. 오늘은 물론 내일을 위한 생명의 노래가
지속되기 위해서 …
따라서 이 노래는 자연과 사람이 함께 부르는 노래여야
희망이 있습니다.
이제 버려본 스스로 모두들 성찰해야 합니다.
눈에는 생기와 가슴엔 사랑이 불 붙어야 합니다.

2019년 고마운 봄빛 속에서
이호신 씀 🔲

여름이

겨울에게

사랑하는 이가 주인

이 세상 만물은 사랑하는 이가 주인입니다.

왜냐구요? 세상에서 어느 것도 사실은 주인이 따로 없기 때문입니다.

제가 지리산골 산청에 귀촌하지도 어느덧 10년이 되었어요. 타향의 사람이 시골 생활에 적응하기란 결코 쉽지 않았지요. 하지만 내가 처한 곳이 운명이고 선택한 현실을 정면으로 받아들여야 한다고 믿었지요.

붓을 놓을 때엔 텃밭에서 밭농사를 일구고, 유서 깊은 마을의 문화유산과 자연을 살펴보는 일과입니다. 해서 보람을 느끼며 때론 길손들을 안내도 하지요. 마을에 피어나는 사철의 꽃과 나무, 생태의 변화도 매일 눈뜨면 살피는 일이니 '언제나 새날'입니다.

세상살이에 복지란 따로 없다고 합니다. 즉 매 순간, 긍정적인 생각과 사랑하는 마음이 싹터 있을 때 어느 곳이든 명당이 된다고 하지요.

얼마 전 한 신문에서 저희 마을(남사예담촌)이 아주 명당터로서 유서 깊다고 보도되었습니다. 하지만 저는 오늘을 사는 주민 의식이 더 중요하고, 삶의 질이 우선이라고 여깁니다. 산속에 살면서도 번뇌가 많으면 소용없고 저잣거리에 있어도 마음이 평정하면 다행이지요. 감옥에서도 글을 쓰고 전쟁 때에도 그림을 그렸던 선인들의 삶을 떠올리면 숙연해집니다. 그들은 분명 현실을 탓하지 않고 극복하며 자신을 사랑한 주인이었겠지요.

여러분은 지금 무엇을 사랑합니까? 주어진 현실에 주인공이 되고 있습니까? 저 싱그러운 초목도 이 땅에 주인이 되어 오늘의 하늘 아래 존재합니다. 이렇듯 작은 일에도 의미를 부여하고 오늘의 주인으로 살기를 바랍니다. 왜냐하면 세상은 정녕 사랑하는 이가 주인이요. 존재의 가치를 지니기 때문입니다.

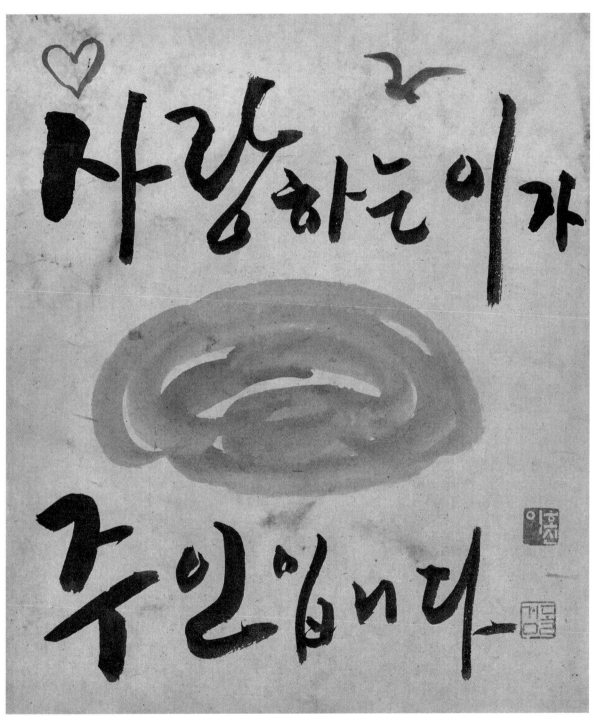

사랑하는 이가 주인입니다_41×35cm, 한지에 채색, 2019

이 세상 만물은 사랑하는 이가 주인입니다. ♥

왜 나 주요? 세상에서 어느 것도 사실은 주인이 따로 없기 때문입니다.

제가 지리산골 산청에 귀촌한지도 어느덧 10년이 되었어요. 타향의 사람이 시골생활에 적응하기란 결코 쉽지 않았지요. 하지만 내가 처한곳이 운명이고 선택한 현실을 정면으로 받아들여야 한다고 믿었지요.

붓을 놓을때엔 텃밭에서 밭농사를 일구고, 유서깊은 마을의 문화유산과 자연을 살펴보는 일과입니다. 해서 보람을 느끼며 때론 길손들을 안내도 하지요.

마을에 피어나는 사철의 꽃과 나무, 생태의 변화도 매일 눈뜨면 살피는 일이니 '언제나 새날'입니다.

세상살이에 복지란 따로 없다고 합니다. 즉 매 순간, 긍정적인 생각과 사랑하는 마음이 싹터 있을때 어느곳이던 명당이 된다고 하지요.

얼마전 한 신문에서 저희 마을(남사예담촌)이 아주 명당터로서 유서 깊다고 보도되었습니다.

하지만 저는 오늘을 사는 주인의식이 더 중요하고, 삶의 질이 우선이라고 여깁니다.

사랑하는 이가 주인입니다_60×91cm, 한지에 채색, 2019

산속에 살면서도 번뇌가 많으면 소용없고
저자 거리에 있어도 마음이 평정하면 다행이지요.
감옥에서도 글을 쓰고 그림 그릴 때에도 그림을 그렸던
선인들의 삶을 떠올리면 숙연해 집니다.
그들은 분명 현실을 탓하지 않고 극복하며
자신을 사랑한 주인이었겠지요.

여러분은 지금 무엇을 사랑합니까?
주어진 현실에 주인공이 되고 있습니까?
저 싱그런 초목들 이 땅에 주인이 되어
오늘의 하늘아래 존재합니다.
이렇듯 작은 일에도 의미를 부여하고 오늘의
주인으로 살기를 바랍니다.
왜냐하면 세상은 정녕 사랑하는 이가 주인이요,
존재의 가치를 지니기 때문입니다.
                              2019년 늦여름, 산청에서 이호신 씀

나누는 기쁨

결실의 계절, 가을바람 속에서 편지를 씁니다.

여러분은 누구를 도와줄 때, 도와야 할 때가 있겠지요.

이런 경우, '준다'는 생각보다 '나눈다'는 생각을 해 보았나요?

어떤 물건이든 마음이든 상대방에게 건넬 때 '기부'보다는 '나눔'이란 표현이 훨씬 가치를 더 합니다.

이것은 상대방에 대한 존중이요, 공생의 뜻을 지니지요. 이른바 갑·을 관계가 사라지고 '나누는 기쁨'이 됩니다.

이곳 지리산국립공원에는 자원봉사자들이 많습니다. 이분들은 대가를 바라지 않고 봉사하는 마음으로 언제나 밝은 얼굴입니다. 아이들이나 청소년들에게 풀꽃 이름을 알려주고 생명의 아름다움을 살피게 해 주지요. 또 길 안내와 안전을 위해 산행지식을 나누어 주시고 계십니다. 이 고마운 일은 나눔이 되고, 기쁨이 되어 모두 즐겁습니다. 산다는 것은 실은 '나누는 일'이지요.

여러분도 실은 나눌 수 있는 일이 많아요. 친구와의 고민을 나누고, 음식을 나누고, 정보를 나누고, 받은 선물을 나누고, 형제와 친척 간의 우애를 나누고, 선생님에 대한 고마움을 친구들과 나누는 일입니다. 이러할 때 혹여 서운했던 관계가 복원되고 삶의 의미가 가치를 더하게 됩니다.

어느덧 결실의 계절이라 온갖 채소와 과실들이 풍요롭습니다. 이러한 결과는 이 땅의 빛과 바람, 비와 흙이 나누어 가진 일이지요. 이 대자연의 노래는 서로를 위해 나누고 베푼 은혜요. 기쁜 선물입니다. 우연일까요? 이 편지를 쓰고 있는데 앞집에서 말린 고추를 보내오고, 옆집 손자가 옥수수를 쪘다고 들고 왔어요. 이 '나눔의 기쁨'을 여러분과 나눕니다.

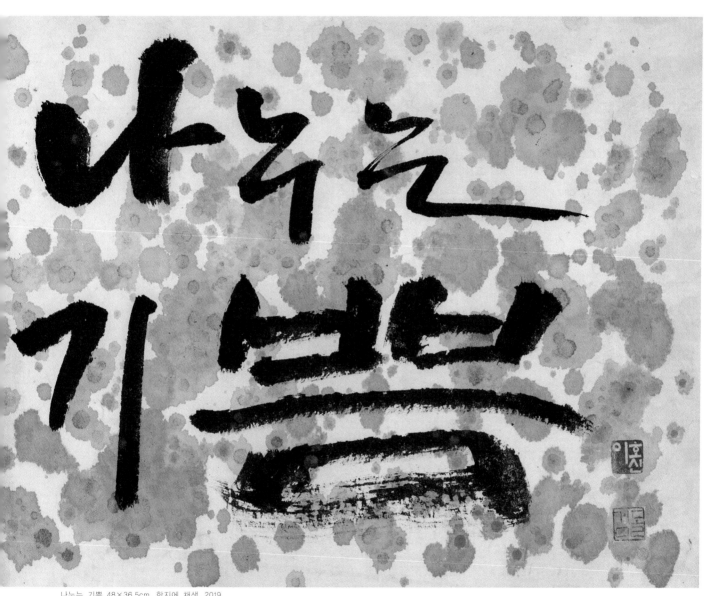

나누는 기쁨_48×36.5cm, 한지에 채색, 2019

결실의 계절, 가을바람 속에서 편지를 씁니다.
여러분도 누구를 도와줄 때, 도와야 할 때가 있겠지요.
이런경우, '준다'는 생각보다 '나눈다'는 생각을 해 보았나요?
어떤 물건이던 마음이던 상대방에게 건넬때 '기부'
보다는 '나눔'이란 표현이 훨씬 가치를 더합니다.

이것은 상대방에 대한 존중이요, 공생의 뜻을 지니지요.
이른바 갑을 관계가 사라지고 '나누는 기쁨'이 됩니다.

이웃 지리산국립공원에는 자원봉사자들이
많습니다. 이 분들은 댓가를 바라지 않고
봉사하는 마음으로 언제나 밝은 얼굴입니다.

아이들이나 청소년들에게 풀꽃 이름을
알려주고 생명의 아름다움을
살피게 해 주지요.

또 길안내나 안전을 위해
산행 제식을 나누어 주시고 계십니다.
이 고마운 일은 나눔이 되고,
기쁨이 되어 모두 즐겁습니다.
사라지는 삶은 '나누는 일'이지요.

나누는 기쁨_59×91cm, 한지에 채색, 2019

우리 주오며 여러분도 실은 나눌수 있는 일이 많아요.
친구와의 고민을 나누고, 음식을 나누고, 정보를 나누고,
받은 선물을 나누고, 형제와 친척간의 우애를 나누고,
선생님에 대한 고마움을 친구들과 나누는 일입니다.
　이러한 때 흑에 서운했던 관계가 복원되고
삶의 의미가 가치를 더하게 됩니다.

　　어느덧 결실의 계절이라 온갖 채소와
　　과실들이 풍요롭습니다. 이러한
　　결과는 이 땅의 빛과 바람,
　　비와 흙이 나눠 가진 일이지요.
　　이 때 자연의 노래는 서로를
　　위해 나누고 베풀 분해요.
　　기쁜 선물입니다.

　　　우연일까요? 이 편지를
　　쓰고 있는데 앞집에서 말린
　　고추를 보내오고, 옆집 손자가
　　옥수수를 졌다고 들고 왔어요.
　　이 '나눔의 기쁨'을 여러분과 나눕니다.
　　　　　　2019년 가을빛속에서
　　　　　　이 호 신 씀 　[印]

참 고마운 한글

참 고마운 한글에게
'우리의 얼과 마음을 담아 옮기는 것이 한글이다'

몇 해 전 한글날에 쓴 일기입니다. 이 한글 창제의 본질은 특수성(한국)과 보편성(세계)의 조화요, 통찰의 언어입니다. 즉 세종대왕은 백성과 모든 사물의 표현을 위해 사랑과 연민으로 이루었지요. 말과 글에 표정과 생명을 불어넣고 생활의 아름다움을 자아냅니다. 그러므로 자랑스런 우리의 문화유산입니다.

눈. 코. 귀. 입. 꿈. 땀. 피. 밥. 똥 (몸과 생리현상)
물. 불. 흙. 땅. 꽃. 눈. 비. 달. 해. 빛. 산 (자연과 우주현상)
말. 글. 얼. 꿈. 참, 힘, 끝 (인문적인 요소)

위의 내용처럼 부르면 그대로 이미지가 떠오르는 한글이지요. 한 낱말로 사물과 상징을 형용할 수 있다는 사실이 새삼스럽고 놀라운 일입니다. 이에 한글 이름을 가진 정끝별 시인은 말합니다.

"우리말에는 우리만이 느낄 수 있는 의미의 두께가 있고 뉘앙스가 있다. 그런 언어들이 연결되면서 구축하는 음률이 우리의 몸과 마음이 기억하는 모국어의 운율이자 장단이고 가락이며, 우리의 역사가 되는 까닭"이라고.

이에 그 옛날 〈훈민정음해례〉를 다시 주목합니다.

"우리말은 중국말과 달라서 한자를 빌려서 생활하기에는 불편하다. 임금께서 스물여덟 자를 만드니 간명하고 정치하여 모든 소리를 적을 수 있다. 바람 소리, 학의 울음, 닭이 홰치며 우는 소리, 개 짖는 소리 일지라도 모두이 글자를 가지고 적을 수 있다"

이 한글의 정신과 위대성은 어느덧 민들레 꽃씨처럼 세계로 번지고 있어요. 2019년 현재 60개국에 세종학당 180곳이 설립되어 운영되고 있어요. K팝의 열기와 방탄소년단(BTS)의 문화외교로 한글은 나날이 보급과 활용을 더 해가고 있지요. 참 자랑스런 일이 아닐 수 없습니다.

그중 세계인이 뽑은 아름다운 한국어는 사랑, 안녕, 아름답다, 별, 꽃, 감사합니다 등으로 조사 되었어요. 나아가 한글 서체의 개발은 6,693종의 글씨체로 분류할 수 있었다고 합니다(전국국어문화원 연합회).

이제 이 한글을 더욱 발전시켜야 할 명분은 뚜렷합니다. 그동안 외래어의 수입이 있었듯이 우리 한글의 수출이 세계를 향해 열려 있어요. 이처럼 미래를 향한 '참 고마운 한글'을 떠올리며 행복합니다.

참 고마운 한글, 69×139cm, 한지에 채색, 2019

147

참 고마운 한글에게

'우리의 얼과 마음을 담아 옮기는 것이 한글이다.'
몇해 전 한글날에 쓴 일기입니다.
이 한글 창제의 본질은 특수성 (한국) 과 보편성 (세계)의
조화요. 통찰의 언어 입니다. 즉 세종대왕은 백성과
모든 사물의 조화를 위해 사랑과 연민으로 비추었지요.
말과 글에 표정과 생명을 불어넣고 생활의 아름다움을
자아냅니다. 그러므로 자랑스런 우리의 문화유산 입니다.

눈·코·귀·입·뼈·땀·피·밥·똥 (몸과 생리현상)
물·별·흙·땅·꽃·눈·비·달·해·벗·산
(자연과 우주현상)
말·글·얼·꿈·춤·힘·끝 (인문적인 요소)

위의 내용처럼 부르면 그대로 이미지가 떠오르는 한글이지요.
한 낱말로 사물과 상징을 형용할수 없다는 사실이
새삼스럽고 놀라운 일입니다.
이에 한글이름을 가진 정끝별 시인은 말합니다.
"우리말에는 우리만이 느낄수 있는 의미의 두께가 있고
뉘앙스가 있다. 그런 언어들이 연결되면서 구축하는
음들이 우리의 몸과 마음이 기억하는 모국어의 온율이자
장단이고 가락이며, 우리의 역사가 되는 까닭" 이라고.

참 고마운 한글에게_60×92cm, 한지에 채색, 2019

이에 그 옛글 <훈민정음 해례>를 다시 주목합니다.

"우리말은 중국 말과 달라서 한자를 빌려서 생활하기에는 불편하다. 어리께서 스물여덟자를 만드니 간명하고 정치하여 모든 소리를 적을 수 있다.
바람소리, 학의 울음, 닭이 홰치며 우는 소리, 개 짖는 소리 일지라도 모두 이 글자를 가지고 적을 수 있다."

이 한글의 정신과 위대성은 어느덧 민들레 꽃씨처럼 세계로 번지고 있어요. 2019년 현재 60개국에 세종학당 180곳이 설립되어 운영되고 있어요.
K팝의 열기와 방탄소년단(BTS)의 문화로 한글은 나날이 보람과 힘들을 더해가고 있지요. 참 자랑스런 일이 아닐 수 없습니다.
그중 세계인이 뽑은 아름다운 한글어는

사랑、안녕、아름답다、별、꽃
감사합니다、등으로 조사되었어요. 나아가서
한글서체의 개발은 6693종의 글씨체로 분류할 수 있었다고
합니다 (겨레글문화원 연합회)
이제 이 한글을 우리 청소년들이 더욱 발전시켜야할 명분은
뚜렷합니다. 그동안 외래어의 수입이 있었듯이 우리
한글의 수출이 세계를 향해 멀리 있어요.
이처럼 미래를 향하는 '참 고마운 한글'를 떠올리며
행복해합니다.

　　　　　　　　　2019년을 보내고 2020년 맞이하며
　　　　　　　　　겨울 이호신 씀 🔳

ㄱ ㄴ ㄷ ㄹ ㅁ ㅂ ㅅ ㅇ ㅈ ㅊ ㅋ ㅌ ㅍ ㅎ

ㅏ ㅑ ㅓ ㅕ ㅗ ㅛ ㅜ ㅠ ㅡ ㅣ

ㄱㄴㄷㄹㅁㅂㅅㅇㅈㅊㅋㅌㅍㅎ

ㅏㅑㅓㅕㅗㅛㅜㅠㅡㅣ

멋

만물이 소생하는 봄, 모든 생명은 기지개를 켭니다. 이 대자연의 변화 속에 우리의 모습은 어떠한지요? 꽃이 향기가 있듯이 사람에겐 멋이 있어야 합니다. 멋은 사전에서 행동, 차림새, 됨됨이 등이 세련되고 아름다움, 맵시가 있는 것으로 나와 있어요. 어찌 보면 외면적인 요소가 많아 보이지만 실은 그렇지 않아요. 유명 패션디자이너 노라조 씨는 "값비싼 옷을 입는다고 멋쟁이가 되는 것이 아니다. 멋이 있으려면 우선 지성이 풍부하고 생각이 세련되고 겸손해야 한다"고 말합니다.

이 멋은 인격과 매력이며 은근히 풍기는 사람의 향기로 어려서부터 몸에 배는 것이지요. 멋의 싹은 착하고 성실하며 남을 배려하는 소년, 소녀들의 마음과 열정에서 자라납니다.

우리가 멋진 친구를 원하듯이 스스로도 아름다운 영혼을 품어야 합니다. 정의를 숭상하고 진실을 존중하는 일, 시대의 염원을 나누는 것도 멋진 일이지요. 지난해 (2019년) 타임스지 표지 인물로 선정된 소녀 환경운동가 그레타 툰베리(16세)가 떠오릅니다. 그녀의 행동은 오늘과 미래를 위한 공존, 공감, 공생의 삶을 추구하며 지구촌의 환경문제를 세계 속에 부각했습니다. 어린 소녀의 눈빛은 맑으면서도 결의에 차 있습니다. 그녀의 용기 있는 행동은 많은 이들을 주목하게 하는 매력이 있어요. 한 마디로 멋있습니다. 이처럼 멋은 자연스런 행동과 배려의 마음속에 지성과 겸손이 따라야 합니다.

멋진 삶을 꿈꾸는 여러분께 기대하고 성원합니다. 주어진 생활과 환경을 개선하고 주인의식으로 살아가길 기대합니다. 현실과 세상을 향해 자신의 꿈을 가꾸는 일이 되어야 합니다. 아카데미 4개 부문 영화상을 받은 봉준호 감독은 어린 시절부터 영화광이었다고 고백합니다. 그는 한국 영화의 숙원을 이루었고 세계적인 인물로 우뚝 섰습니다. 그 모습이 멋집니다. 여러분도 지금부터 미래를 위한 다짐과 열정으로 시작하세요.

새봄에 피는 꽃은 향기가 있듯, 사람에겐 멋이 피어나야 합니다.

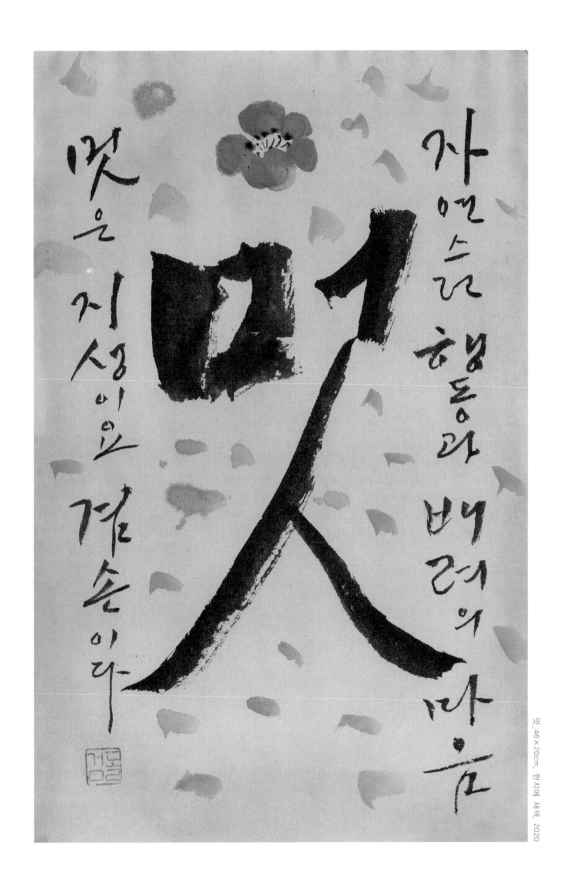

멋

맛은 지성이요 겸손이다

자연스런 행동과 배려의 맛은

멋_46×20cm, 한지에 채색, 2020

멋

　　만물이 소생하는 봄, 모든 생명은
기지개를 켭니다. 이 대자연의 변화속에
우리의 모습은 어떠한지요? 꽃이 향기가 있듯이
사람에겐 멋이 있어야합니다.
멋은 사전에서 행동, 차림새, 됨됨이 등이 세련되고
아름다움, 맵시가 있는 것으로 나와 있어요.
　　어쩌면 외면적인 요소가 많아보이지만 실은
그렇지 않아요. 유명 패션디자이너 노라노 씨는
"값비싼 옷을 입는다고 멋쟁이가 되는 것이 아니다.
멋이 있으려면 우선 지성이 풍부하고 생각이 세련되고
검소해야한다"고 말합니다.
　이 멋은 인격과 매력이며 은근히 풍기는 사람의 향기로
어려서부터 몸에 배이는 것이지요. 그 싹은 착하고
성실하며 남을 배려하는 소녀. 소녀들의 마음과
순수한 열정에서 자라납니다.

　　우리가 멋진 친구를 원하듯이 스스로도 아름다운
영혼을 품어야합니다. 정의를 숭상하고, 진실을
존중하는 일. 시대의 염원을 나누는 것도 참으로
멋진 일이지요.

멋

멋_60×93cm, 한지에 채색, 2020

멋

2019년 타임지 표지 인물로 선정된 소녀 환경운동가 그레타 툰베리 (16세)가 떠오릅니다. 그녀의 행동은 오늘과 미래를 위한 공존, 공감, 공생의 삶을 추구하며 지구촌의 환경문제를 세계 속에 부각 시켰지요.

이 어린 소녀의 눈빛은 맑으면서도 결의에 차 있습니다. 그녀의 용기 있는 행동은 많은 이들을 주목하게 하는 매력이 있어요. 한마디로 멋있습니다. 이처럼 멋은 자연스런 행동과 배려의 마음속에 지성과 겸손이 따라야야 합니다.

멋진 삶을 꿈꾸는 여러분께 기대하고 성원합니다. 주어진 생활과 환경을 개선하고 주인의식으로 살아가길 기대합니다. 현실과 세상을 향하여 자신의 꿈을 가꾸는 일이 되어야 합니다.

아카데미 4개 부문 영화상을 수상한 봉준호 감독은 어린시절 부터 영화광이었다고 고백합니다. 그는 한국영화의 숙원을 이루었고 세계적인 인물로 우뚝 섰습니다. 그 모습이 멋집니다. 여러분도 지금부터 미래를 위하는 다짐과 열정으로 시작하세요.

새 봄에 피는 꽃은 향기가 있듯, 사람에겐 멋이 피어나야 합니다.

2020년 봄. 이호신 쓰고 그림

아끼는 마음

지난봄은 참 잔인한 나날이었지요. 여전히 코로나바이러스 전염병 소식이 들려오지만, 희망적인 뉴스도 반갑습니다.

봄이면 '산청 3매' 소식을 찾아오던 탐방객들도 끊어졌는데 의외로 매화는 더 아름다웠어요. 인적과 공해가 사라지자 산천은 더없이 푸르고 맑은 하늘이 지속되고 있어요. 그리고 신록의 계절인 지금, 수많은 꽃이 만발하고 초목들이 기운생동 합니다. 자연에는 인간의 도발과 문명이 훼손임을 인지하게 한 경우입니다. 이런 까닭에 불필요한 소비와 과욕이 환경 문제를 낳는다는 결과를 실감합니다.

법정 스님은 생전에 "무소유란 소유하지 않는 것이 아니라 불필요한 것을 지니지 않는 것"이라고 하셨지요. 해서 '소비가 미덕'이라는 자본의 시대는 이제 '절제가 미덕'이라는 '아끼는 마음'으로 바꾸어야 할 것입니다.

아끼는 마음은 어떤 대상과 사물에 가치를 부여하고 사랑하는 일이지요. 내가 쓰는 물건과 책, 문방구들도 아끼는 마음을 가질 때 오랜 정이 느껴집니다.
이 지구촌의 생명과 자연을 지키기 위해서도 아끼는 마음과 실천의 공동선으로 나아가야 합니다.

하나뿐인 지구별의 유산과 오늘 그리고 미래를 위해 불필요한 소비를 줄여가는 운동이 이제 필요합니다. 어릴 때의 습성이 평생을 간다는 말이 있지요, 해서 우리는 검소하게 생활하고 절약하는 친구를 칭찬해야 합니다. 낭비가 아닌 '아끼는 마음'은 결국 나와 이웃을 사랑하는 일이라고 여깁니다.

자, 이제 백번의 생각보다는 한 번의 실천이 더 중요하지요, 사랑하는 여러분!

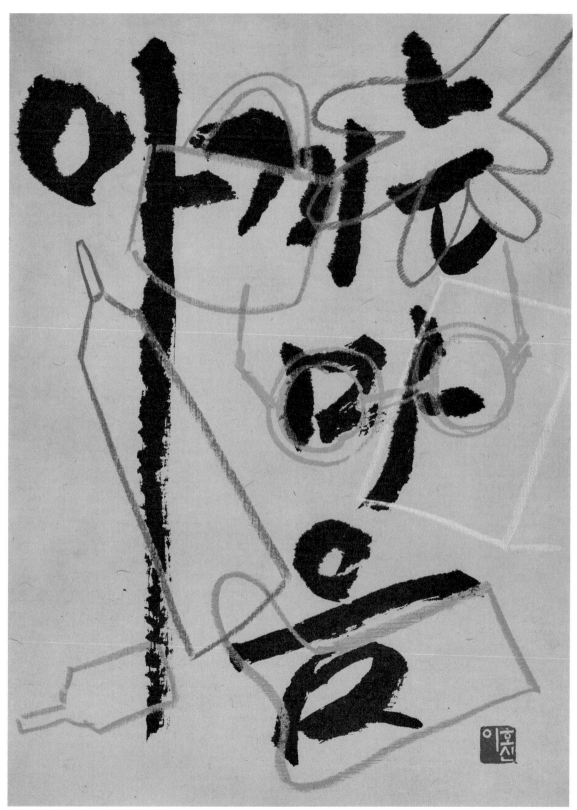

아끼는 마음_46.5×34cm, 한지에 채색, 2020

♡ 아끼는 마음

지난 봄은 참 잔인한 나날이었지요.
여전히 코로나 바이러스 전염병 소식이 들리지만
희망적인 뉴스를 받습니다.

봄이면 '산청3매(山淸三梅)'를 찾아오던
발걸음을 끊어졌는데 의외로 매화는 더 아름다웠지요.
인적과 공해가 사라지자 산천은 더없이 푸르고 맑은
하늘이 지속되고 있어요. 그리고 신록의 계절인 지금,
수많은 꽃들이 만발하고 초록들이 기운생동합니다.
자연에게는 인간의 도발과 문명이 훼손임을
인지하게하는 경우입니다. 이런 까닭에 불필요한
소비와 과욕이 환경문제를 낳는다는 결과를 실감
합니다.

법정스님은 생전에 "무소유란 소유하지 않는것이
아니라 불필요한 것을 지니지 않는것" 이라고
하셨지요. 해서 '소비가 미덕' 이라는 자본의
시대는 이제 '절제가 미덕' 이라는
'아끼는 마음' 으로 바뀌어야 할 것입니다.

아끼는 마음_60×93cm, 한지에 채색, 2020

아끼는 마음은 어느 대상과 사물에 가치를
부여하고 사랑하는 일이지요.
내가 쓰는 물건과 책, 문방구들도 아끼는 마음을
가질때 오랜 정이 느껴집니다.
이 지구촌의 생명과 자연을 지키기 위해서도
아끼는 마음과 실천의 공동체로 나아가야 합니다.

하나뿐인 지구별의 유산과 오늘, 그리고
미래를 위해 불필요한 소비를 줄여가는 운동이
이제 필요합니다.
어릴때의 습성이 평생을 간다는 말이 있지요.
해서 우리는 검소하게 생활하고 절약하는
친구를 칭찬해야 합니다.
낭비가 아닌 '아끼는 마음'은 결국 나와 이웃을
사랑하는 일이라고 여깁니다.
자, 이제 백번의 생각보다는 한 번의 실천이
더 중요하지요.
사랑하는 여러분!

2020년 여름
지리산를 산청에서
이 호 신 씀 [印] [이호신]

우리는 별

유난히 긴 장마와 태풍, 그리고 늦더위가 모두를 힘들게 했지요. 또 코로나 전염병으로 자연환경의 중요성이 어느 때보다 간절하게 합니다. 한창 학업에 열중하고 신체적 활동도 왕성해야 할 시기에 인터넷 수업과 사회적 거리두기는 여러분에게 큰 장애가 되고 있지요.

그래도 가을은 다가오고 밤하늘의 별은 돋아납니다. 지리산골에 뜨는 별은 오늘도 지상을 향해 반짝이며 저에게 속삭입니다. '당신은 별에서 왔노라'고…….

이 말은 천문학자 이시우 박사님의 『별처럼 사는 법』에서 살펴집니다.

"인간도 별이요, 구리, 아연, 수은, 납, 반지(금, 은) 등도 초신성 폭발 때 생겨 지구촌에 떨어진 것이니 모두 별의 성분이다. 이 별들이 죽으면서 방출한 물질이 모여 태양계를 이루고 또 이 물질로부터 인간의 씨앗이 형성된 것으로 본다. 이러한 관점에서 보면 인간의 구성 물질은 별에서 온 것이다."

지구촌을 위시한 우주가 저 별들의 인드라망 세계로 연결되어 있다는 사실! 이 우주의 섭리 속에 여러분과 제가 존재하고 있음이 기적이요, 행운이기도 합니다. 이렇게 생각을 확장하니 우리의 만남이 얼마나 귀한 인연이고 모두 존중해야 할 대상으로 떠오릅니다.

이 어두운 세상에 우리는 본디 별이라는 생각을 떠올려 보아요. 그리하면 스스로 '스타'가 되어 이웃에게 사랑받는 존재가 될 수 있을 겁니다. 내 몸과 영혼 속에 있는 빛과 향기로 나눌 수 있는 삶을 희망하며…….

가을밤 뜰을 서성이는데 지상의 꽃은 하늘을 우러르고 하늘의 별은 뜨락의 꽃을 내려다보고 있어요. 이 순간 하늘과 땅과 사람이 '꽃자리'입니다. 우리는 친구의 별로, 형제의 별로. 이웃의 별로 반짝이는 별입니다.

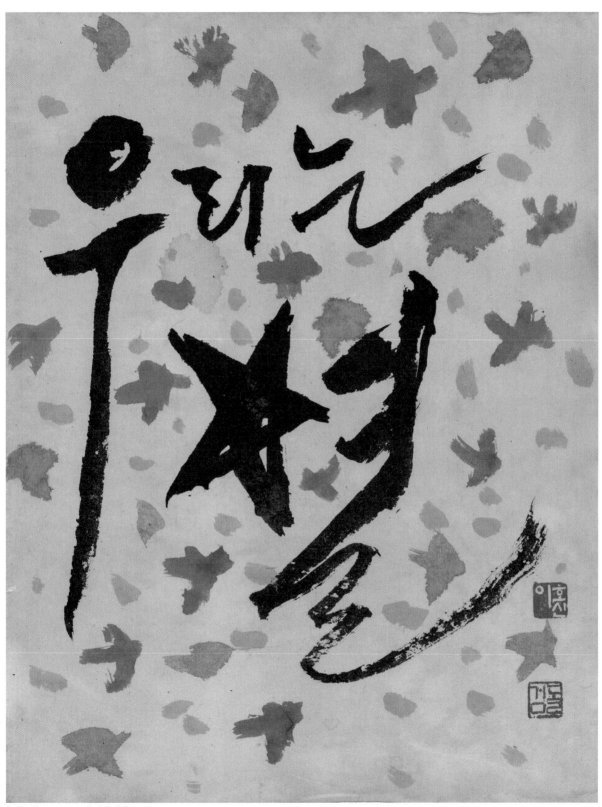

우리는 별_48×37cm, 한지에 채색, 2020

우리는 별

유난히 긴 장마와 태풍, 그리고 늦더위가 모두를 힘들게 했지요. 또 코로나 전염병으로 자연 환경의 중요성이 어느 때 보다 간절합니다. 한창 학업에 열중하고 신체적 활동도 왕성해야할 시기에 인터넷 수업과 사회적 거리두기는 여러분 큰 짐에게 큰 짐에게가 되고 있지요.

그래도 가을은 다가오고 밤하늘의 별은 돌아옵니다. 지저산골에 뜨는 별은 오늘도 지상 을 항히 반짝이며 저에게 속삭입니다. '당신은 별에서 왔노라'고 ··· 이 말은 이시우 박사님(천문학자, 전 서울대 교수)의 『별처럼 사는 법』에서 살펴 집니다.

"인간도 별이요, 구리, 아연, 수은, 납, 반지(금,은) 등도 초신성 폭발때 생겨 지구촌에 떨어진 것이니 모두 별의 성분이다. 이 별들이 죽으면서 방출한

우리는 별_60×93cm, 한지에 채색, 2020

물질이 모여 태양계를 이루고 또 이 물질로부터
인간의 씨앗이 형성된 것으로 본다.
이러한 관점에서 보면 인간의 구성
물질은 별에서 온 것이다."

지구촌을 위시한 우주가 저 별들의
인드라망 세계로 연결되어 있다는   사실!
이 우주의 섭리속에 여러분과
제가 존재하고 있음이 기적이요, 행운이기도   합니다.
이렇게 생각을 확장하니 우리의 만남이   별마다
귀한 인연이고 모두 존중해야할 대상으로   떠오릅니다.
    이 어두운   세상에 우리는 본디 별이라는 생각을
떠올려 보아요.   그리하면 스스로 '스타'가 되어
이웃에게   사랑을 주고 받는 존재가 될수
있을겁니다.   내 몸과 영혼속에 내재된
빛과   향기로 나눌수 있는 삶을 희망하며.
    가을밤   뜰을 서성이는데 지상의 꽃은
하늘을   우러르고, 하늘의 별은
뜨락의 꽃을   내려다보고   있어요. 이 순간 하늘과 땅과
사람이 모두 '꽃자리'입니다.   우리는 친구의 별로, 형제의
별로, 이웃의 별로 반짝이는 별입니다.
        2020년 가을 밤하늘을 바라보며 이 호 신 씀

뿌리와 샘

우리글 중에서 가장 의미 있는 글귀를 적으라면 저는 '뿌리 깊은 나무'와 '샘이 깊은 물'을 들겠어요.

세종 때 <용비어천가>에 나오는 글이지요. "뿌리가 깊은 나무는 아무리 센 바람에도 견디어 꽃이 좋고 열매도 많이 열리며, 샘이 깊은 물은 가뭄에도 끊이지 않아 내를 이루고 바다에 이른다"고 하였습니다.

저는 자연을 그리는 화가로서 전국의 들녘에서, 많은 거목을 만나지요, 그 오래된 나무는 과거의 역사를 묵묵히 지켜본 증인 같았어요. 마을의 수호수 (당산나무)는 느티나무, 소나무, 은행나무 등으로 모두 뿌리가 깊은 나무입니다. 마을의 길목을 알려주고 사람들은 나무 그늘에서 안식을 취하기도 하지요. 이 나무는 실뿌리가 땅 아래로 깊고 넓게 뿌리내린 것이지요.
사람도 마찬가지란 생각이 듭니다. 배움의 기초를 단단히 하고 지속적인 노력으로 깊이를 더할 때 자신의 뜻을 이루게 되지요. 그 성취란 나의 만족을 넘어 이웃에게 도움 되는 삶을 말합니다. 따라서 여러분은 튼튼한 뿌리를 내리는 과정에 처해 있어요. 그러니 부디 미래를 위한 저축의 시간이 되길 기대합니다.
얼마 전에 경북 청송의 산 호수인 '주산지'를 찾아서는 '샘이 깊은 물'을 만났어요. 인공 저수지인데 300년 전에 조성한 것으로 당시의 기념비도 있었어요. 이 물로 마을과 논밭이 풍요롭게 지낸 내력에 고마운 마음이 일었지요. 어떤 가뭄에도 마르지 않았다는 기록을 보며 정녕 샘이 깊은 역사를 느꼈어요. 청송의 주왕산 샘이 주산지에 이르고 다시 계곡으로 흘러갑니다.

이처럼 우리 청소년들도 마르지 않는 열정과 샘솟는 마음으로 살아가야 합니다. 스스로 개성을 찾고 이를 위한 노력이 필요합니다. 희망이란 미래를 위한 준비요, 설렘이 아닐까요?
누구나 한번 주어진 삶에 나의 '뿌리와 샘'을 찾고 간직해 보아요. 그리고 매일 '오늘'이라는 선물을 기쁘게 받으세요. 그 순수한 여백에 자신의 꿈을 그려가기 바랍니다.

뿌리와 샘_47.5×35cm, 한지에 채색, 2020

뿌리와 샘

우리글 중에서 가장 의미있는 글귀를
정하라면 저는 '뿌리 깊은 나무'와
'샘이 깊은 물'을 들겠어요.
세종때 <용비어천가>에 나오는 글이지요.
"뿌리가 깊은 나무는 아무리 센 바람에도
견디어 꽃이 좋고 열매도 많이 열리며,
샘이 깊은 물은 가뭄에도 끊이지 않아
내를 이루고 바다에 이른다"고 하였습니다.
저는 자연을 그리는 화가로서 전국의 들녘에서
많은 거목(巨木)을 만났지요. 그 오래된 나무는
과거의 역사를 묵묵히 지켜 본 증인 같았어요.
마을의 수호수(당산나무)는 느티나무, 소나무,
은행나무 등으로 모두 뿌리가 깊은 나무입니다.
마을의 길목을 알려주고 사람들은 나무 그늘에서
안식을 취하기도 하지요. 이 나무는 실뿌리가
땅아래로 깊고 넓게 뿌리 내린 것이지요.

사람도 마찬가지란 생각이 듭니다.
배움의 기초를 단단히 하고 지속적인 노력으로
깊이를 더할때 자신의 뜻을 이루게 되지요.
그 성취란 나의 만족을 넘어
이웃에게 도움되는 삶을 말합니다.

따라서 여러분은 튼튼한 뿌리를
내리는 과정에 처해 있어요.
그러니 부디 미래를 위한 저축의 시간이
되길 기대합니다.

얼마 전에 경북 청송의 산 호수인 '주산지'를 찾아서는
'샘이 깊은 물'을 만났어요. 인공 저수지인데 300년 전에
조성한 것으로 당시의 기념비도 있었어요. 이 물로 마을과
논밭이 풍요롭게 지내온 내력에 고마운 마음이 일었지요.
어떤 가뭄에도 마르지 않았다는 기록을 보며 정녕
샘이 깊은 역사를 느꼈어요.
청송의 주왕산 샘이 주산지에 이르고 다시 계곡으로
흘러갑니다.

이처럼 우리 청년들도 마르지 않는 열정과
샘솟는 마음으로 살아가야 합니다. 스스로 개성을 찾고
이를 위한 노력이 필요합니다. 희망이란 미래를 위한
준비요, 설렘이 아닐까요?
누구나 한 번 주어진 삶에 나의 '뿌리와 샘'을 찾고
간직해 보아요. 그리고 매일 '오늘'이라는 선물을 기쁘게
받으세요. 그 순수한 여백에 자신의 꿈을 그려가기
바랍니다.

2020년 겨울 지리산골 산청에서
이호신 씀 🔲

뿌리와 샘_60×93cm, 한지에 채색, 2020

뿌리와
삶